小魚的秘密

關麗珊 著

小魚的秘密

作者／關麗珊

策劃編輯／周淑屏

協力編輯／羅詠恩

美術設計／陳詩韻

攝影／關麗珊

出版發行／突破出版社

香港沙田亞公角山路 33 號突破青年村

電話：2632 0000　傳真：2632 0388

電郵：breakthrough@breakthrough.org.hk

網址：http://www.breakthrough.org.hk

http://www.btproduct.com

承印／陽光（彩美）印刷有限公司

2017 年 4 月初版 1 刷

版權所有 © 2017 突破有限公司

Her Secret

by Patsy Kwan

First Printing, First Edition, April 2017

Copyright © 2017 by Breakthrough Ltd.

All Rights Reserved

Printed in Hong Kong

ISBN 978-988-8392-39-1

本書經文取自《新標點和合本》，版權為香港聖經公會所有，承蒙允准採用，特此鳴謝。

誠邀閣下就突破出版社的書籍發表意見

歡迎加入突破書籍 Facebook page — http://www.facebook.com/btbooks.page

本書採用環保油墨印刷

成長文學

目錄

自序　美麗的時光

要是你的存款超過八十七萬，相信你樂意給摯愛親朋十萬八萬，也不介意給陌生人十元八塊。萬一你只有八十七元，你願意為別人付出多少呢？

活到一百歲等同擁有逾八十七萬小時，明知還有數十萬小時可花的人不會珍惜時間，只有餘下數百小時的人，才明白時間寶貴。

小說的英文 fiction 解作虛構，虛構原是小說的本質。然而，這本小說的重要部分來自真人真事，最真實的正是最難以置信的。

小魚在陳子駿休克期間出現的景象是真實的，現實的主角遇溺昏迷時清楚看見

她，事後才知一切。

小魚的角色原型知道生命在倒數後，渴望完成學位課程，拒絕所有追求者的約會，跟他們說「我沒有明天」或「我沒有時間」，聽來像沒有時間約會，或可另約，實際說的是人生沒有時間，花不起一分一秒在沒有結果的約會之上。然而，她還是沒有足夠的時間完成學業，只是花盡分秒在自己最嚮往的事情之上，認真走完自己的路。

每個人都有獨特的人生時間表，神童十歲讀完大學，代表十一歲開始工作，沒什麼大不了。歷史上有不少早逝天才，他們只是提早花光時間。有些人的求學過程曲折，也許比同學年長幾年，遲點工作，同樣在自己的時間軌道上運行。

每朵花有不同花期，即使在同一棵樹上，有些花提早盛放，有些花最遲展現美麗，不見得哪朵花較好，我們為什麼要跟別人比較？

社會主流價值觀是多少歲買樓、多少歲建立事業以至多少歲要結婚生子，四周有聲音大喊要贏在起跑線，要贏得世人羨慕，可有想過何謂贏？風光背後的代價是什麼？

永遠記得小學時讀過這段《聖經》：「所以我告訴你們，不要為生命憂慮吃什麼，喝什麼；為身體憂慮穿什麼。生命不勝於飲食嗎？身體不勝於衣裳嗎？你們看那天上的飛鳥，也不種，也不收，也不積蓄在倉裏，你們的天父尚且養活牠。你們不比飛鳥貴重得多嗎？你們哪一個能用思慮使壽數多加一刻呢？何必為衣裳憂慮呢？你想野地裏的百合花怎麼長起來；它也不勞苦，也不紡線。然而我告訴你們，就是所羅門極榮華的時候，他所穿戴的，還不如這花一朵呢！」（〈馬太福音〉六25-29）

十多歲時在快餐店做管倉文員，晚上讀夜校。每天早上七時上班，下午四時下班。由於夜校跟快餐店只距一個地鐵站，我會留在辦公室看書和溫習，然後上學。

工作和讀書令人疲累，我總想多睡一會，清晨六時四十五分才離家乘的士上班，因為只距離兩個地鐵站，車錢跟乘地鐵差不多。

因病不能工作的父親提點我乘的士要停遠一點，以免上司和同事誤會我揮霍，我沒有理會，實在太疲倦，不願多走一步。有些同事誤會我家裏有錢，沒想過家裏有錢的人根本不會讀夜校，但我不會解釋。

有些朋友問何解家母不工作讓我讀書，要我工作讓她留在家裏打牌。我不知道原因，也不會問。那時候，早餐和午飯由快餐店免費提供，晚上十時許才回家吃晚飯。每天只花一程的士錢，放工徒步上學，放學徒步回家。家裏需要我掙錢時，我就拿錢回家。

有晚放學回家吃罷冰凍飯菜，忘記為了哪種小事，母親狠狠責罵我，那刻，我想跳樓離開。當時想，既然我的生命由她而來，我就歸還給她。我已經無能力做得更

好，她仍可挑出瑕疵責罵，這樣活下去還有什麼意思呢？

近年的青少年自殺率急升，每次看見都覺傷感。希望跟沮喪的人一說，我不知道自殺者的絕望原因，唯理解絕望。然而，自殺並非一了百了，無論有沒有宗教信仰，古往今來都有大量事實證明死亡並非終結。

當年的經理一家早已移居加拿大，不過，他帶同妻兒回流香港工作，每年返回加拿大度假和探親。有次全家度假回港不久，連行李都未開，就接到他父親中風的消息，即時訂機票返加拿大。

經理再上班時，整個人瘦了一圈，面容憔悴，我沒有問他任何事情，只是他有天提起。他說那次度假只要遲兩日回港，即是不足四十八小時，他就可以及早發現其父中風，早點送他到醫院去。就算結果不變，起碼可以陪他最後一程。要是香港飛加拿大的航程可以短幾小時，一家仍可以趕到醫院見父親最後一面，不用剛落機就接到死

訊，就差幾小時。

他說世上所有事情都可以解決，看來絕望的事都有轉機，沒有一件事是無法解決的，除了死亡。死亡無法解決，也不能改變。

我永遠記得他的教導，絕望的感覺會變，死亡不會。希望在絕望邊緣徘徊的人給自己多一點時間，世上沒有不能解決的事。

小魚已經沒有時間，不過，其他角色仍有時間和能力改變命運，讓自己活得更好，讓別人活得更愉快。

這本小說是獨立的，要是你有興趣知道角色的成長過程，可以看看《F.1A》、《F.2A》、《F.3A》、《F.4A》、《F.5A》、《再見A班》和《A班之粉筆字》，這系列小說由二〇〇二年展開，所有角色都是主角，時間更是主角中的主角，大家看罷自然明白。

這本小說寫得很慢，感謝黃幗坤前總編輯敦促，感謝突破編輯、設計和市場推廣的同事幫忙，感謝你選擇這本書。

人生最公平的是每人每日有二十四小時，不知你的時間戶口結餘，唯願你可活出自己的美麗時光。

我們不必跟人比較，不必理會所謂主流價值觀的規限，更加不必理會品格低賤的人的嘲諷和踐踏。有人二十歲做教授，有人六十歲讀大學；有人四十歲退休，有人七十歲創業；有人十八歲戀愛，有人八十歲結婚；有人五歲成名，有人……

第一章　尋找花魂

世界突然靜止下來，靜到沒有半點聲音。

陳子駿想起他從來不知道寂靜是怎樣的一回事，城市有各式各樣的聲音，郊外有風聲和動植物發出的聲音，即使坐在寧靜的房間，仍有回音在腦海響起，彷彿有尖鋭頻率在耳朵內發聲，有時候，他甚至聽到自己的呼吸和心跳聲音。

刹那間靜默，讓子駿感到手足無措，完全聽不到任何聲響和回音，使他意識到這是不一樣的世界，一切快要靜止和停頓下來。然而，子駿沒有想到事情可以同時從反方向去想，世界如常運作，不會靜止和停頓，只是即將跟子駿無關。

陽光穿透海水，在海中亮出幾道光芒。子駿看見那些光芒，想起小時候看過的電視和電影，要是角色快要死去，死前一刻，大腦會急速重播一生的重要片段，在電影中高速放映。不過，子駿的腦海沒有一生回顧，只有他主動想起剛才犯的幾個錯誤。

他知道不應該放棄學拯溺，不應自視過高，稍有挫折就棄權。子駿從小認為考試易如反掌，人生首次考試不及格，就是考拯溺銅章無法過關。他認為是幫他扮遇溺的國鏗太緊張，死命抓住他不放。子駿不知道國鏗扮遇溺者是百分百投入，真正的遇溺者會更大力掙扎，將救他的人扯入水底。考拯溺讓子駿首次面對自己的不足，難以接受，從此放棄學拯溺。

他知道不應該去沒有救生員的沙灘游水，不應該未食早餐落水，不應該未做足熱身運動就跳入海裏，不應該愈游愈遠，不應該遠遠看見有人遇溺就拚命游過去……

起初是右小腿抽搐，然後是左腳不協調划水，心下慌張，愈想游上海面愈往下沉。人原本有浮力的，子駿不明白為何會極速沉入海裏，小腿抽搐得更劇烈，慌忙間喝了幾口海水，愈掙扎沉得愈快，只好提醒自己人有浮力，儘快放鬆，人自然會浮在水上，然而，右腳抽搐令他無法放鬆肌肉，剎那間，子駿明白他無法再浮上海面。

彷彿直沉深海，子駿向上望見陽光穿透海水，散發為一束束光芒。世界實在美麗，可惜，他再也無法繼續欣賞，心有不甘，還有許多事情未及完成，生命怎可以如此結束呢？

不知是透進海裏的陽光漸趨黯淡，還是子駿的視線漸趨模糊，他感到整個人墜進漆黑國度，心下歎息，但沒有歎息聲音。

四周依然寧靜，子駿發現自己並非在海裏，那是異常陌生的地方，不像室內，也不像室外，不知道怎樣形容，四周沒有讓人識認的東西，無法辨認環境，只覺渺渺茫茫，看見遠處有光，就向光源方向走過去。

子駿不喜歡這種陌生的感覺，即使周遭沒有恐怖的事情出現，心裏依然發毛，好像有什麼壞事在前面等候似的。子駿拖慢腳步前行，聽到背後遠遠傳來聲音：「陳子駿！陳子駿！」

就如有人拋來水泡一樣，子駿連忙轉身，望向聲音方向，有個跟他差不多年紀的女子站在不遠處，但子駿看不清楚她的五官和衣着，有點像穿黑色衣物的人站在漆黑的環境中，或穿白衣的人站在白茫茫的世界裏，模糊間，子駿肯定自己認識她，但想不起是誰。

「我呀，張思琪，我是你的中學同學張思琪。」女子說。

嗯，張思琪，子駿想起來，她是同班同學，成績不算好也不算差，不曾代表學校甚至班級參加任何比賽，體育和美術成績一般，實在很難讓人對她留下印象。

「你怎會在這兒？嗯，我想知道我們怎會在這兒？」

「你不要去那邊，你回去吧！」

「嗯……」

「你不用知道原因，總之，不要走過去，你快走吧，那兒不是你要去的地方。」

「我應該去什麼地方呢？」

「這邊。」

子駿循張思琪所指的方向望過去，什麼都看不見，想轉身問清楚，冷不防被張思琪從後推了一下，失去平衡而跌倒，嚇得大叫起來。

子駿以為跌倒會痛，但全身都不感痛楚，只有從噩夢驚醒的驚惶感覺，心跳加速，他想輕按胸口，卻無法提起自己的手。

四周是嘟嘟嘟嘟嘟的儀器聲響，然後有人說話，子駿聽到聲音卻聽不到內容，也

無法睜開雙眼，好像發夢，又像清醒，分不清楚是現實還是夢境。

他感到不同的白色在四周團團轉，腦海不停有影像出現，也許是幻想，也許是夢境，然而，他知道一切並非源自現實生活的回憶。子駿努力回想張思琪的樣子，即使由中一起同班，依然無法記起她初中時的模樣，一班四十人，忘記的總比記得的多。他想記得的往往忘記，以為忘記的卻會記住，瑣碎的舊事會不受控制似的湧現，一如好友的笑臉、女孩的愛慕眼神、師長的讚許笑容、父母爭吵的嘴臉、美琪在初中時練體操的姿勢……那是他既喜歡又討厭的短暫人生，二十年如一瞬的過去。

他以為昏睡一會，很快醒過來，不知道自己躺在醫院深切治療部多日。

父母首次來到澳洲，並非旅遊，而是為了他。幸好有買旅行保險，要不然，父母不知怎樣應付這筆龐大的醫療支出。

子駿將零散的記憶組織起來，開始知道發生什麼事，醫院出了賬單，他們要先付款才向保險公司索償。子駿努力去想自己的銀行戶口有多少錢，但想不起來。如果死了，銀行有沒有錢都沒有分別。

有天在病房醒來看見父母，子駿以為自己躺在家裏的睡房，但見他們雙眼通紅，明顯哭過，那時候，子駿還未能說話，整個人昏昏沉沉，很快又墮入夢鄉。

香港的冬天正是澳洲的夏天，很適合水上活動，子駿驀然想到，要是他在海底消失，父母可會當他長居澳洲，不再回港，在每年蕭瑟的冬日想念他呢？

子駿在半夢半醒之間聽到父母閒聊，好想跳起來跟他們說笑，但服藥太多，無法醒來，他開始明白昏迷多年的人的感受，據說他們聽到四周所有聲音，只是無法動彈。

「你勸勸阿仔別再四處去，好危險。」

「勸得到就不是他，你勸吧。」

「我在他的年紀都想四處去，自己做不到，都想阿仔做到他想做的。」

「慈父多敗兒。」

「他敗在你手上呀，慈母。」

「你要先回香港返工吧？」

「現在放無薪假期，工作半生，難得放假。」

「如果不是阿仔有事，我們不知哪天可以一家三口來澳洲玩。」

「待我退休後，我日日陪你四處玩。」

「誰要你陪？」

子駿心下大笑，沒料到老媽聲線嬌嗲如少女，發嗔得那麼自然。他希望快點康復，別讓父母掛心，還有時間一家三口在澳洲玩一陣子。

北半球的聖誕寒冷，南半球的聖誕炎熱。香港的春天乍暖還寒，澳洲的春天驕陽似火。在康復過程中，子駿在醫院的圖書館借閱一本小書名為《在天堂遇見的五個人》，看罷覺得好老套，然後想到自己在醫院遇到這本書，其他病人又怎樣理解這本書呢？

昏迷期間，子駿清楚知道沒有遇過五個人給他任何人生啟示，只有張思琪在他的腦海出現。其餘時間的昏迷就是昏迷，沒有新的事物，極其量只有已經發生的事情不斷在腦海浮現，無論是好的還是壞的。

子駿跟自己說：即使有一百歲命，都不要再讓醜惡的人和事留在腦海，以免有日讓令人惡心的東西重現。

子駿清醒一段時間後，才認真問護士他怎會來到醫院，護士說他好運，有兩個潛水的遊客在海裏發現他，將他救上船，即時急救，隨即送到醫院。到達急症室的時候，他的心跳已經停止跳動，不知停了多久，醫生施心外壓將他救活過來。護士沒有說的是，他們一直觀察他的情況，由於不知道心跳停了多久，早已作最壞打算，就算子駿變成植物人，醫護人員都不感意外。

子駿說當日游水時，遠遠看見有人遇溺，才會愈游愈遠，不知那個遇溺者怎樣。護士說沒有其他人，只有他。子駿沒有問下去，護士再次強調他幸運，心臟停止跳動後，腦部很快會因缺氧而受損，即使回復心跳，也無法補救，子駿幸運到大腦沒有受損。

「有啊，我腦部有損傷啊，平日智商一百八十，現在大概只剩下一百二十。」子駿跟善意的護士開玩笑說。

護士說：「以前說女孩子蠢一點比較好，現在男女平等，男生也不用太聰明。」

子駿躺在病牀大笑起來，他以為只有內地大媽和母親那樣的中國傳統婦女才有女孩子要愚蠢的想法，沒料到澳洲的金髮護士也如此，笑說：「我知道你原本可以做醫生，不過要顯得蠢一點，才做護士。」

護士但笑不語，跟子駿單單眼，子駿笑說：「你不要挑逗我呀！」

護士像是聽到世上最好笑的笑話那樣大笑起來，然後轉身離開，子駿相信護士每天都工作愉快，她是聰明的，智商比許多人高，只是不必顯露出來。

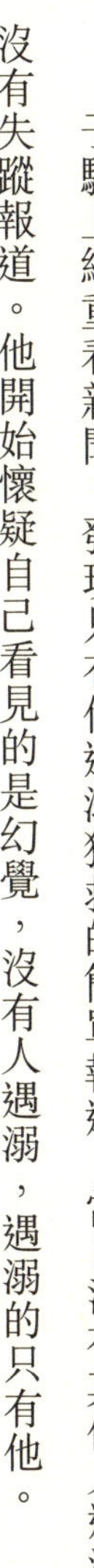

子駿上網重看新聞，發現只有他遇溺獲救的簡單報道，當日沒有其他人遇溺，也沒有失蹤報道。他開始懷疑自己看見的是幻覺，沒有人遇溺，遇溺的只有他。

社交媒體瘋傳大衛寶兒和阿倫力文離世的新聞，子駿很少聽大衛寶兒的歌，看見那麼多轉貼的MV，開來看看，沒料到上世紀走紅的藝人前衛至此。

在網絡訃文的內容中，看到真正熟悉的人是阿倫力文，子駿跟《哈利波特》的童星一起成長，戲內的石內卜教授就如他的老師，看見扮演他的演員離世，難免傷感起來。身處醫院對生死尤其敏感，每日都有人進出醫院，有人入院，有人出院；有人出世，有人死亡。

醫院是往來生死的特殊空間，子駿留院期間，感覺像活了數十年，沒由來的感觸起來，尤其是知道懂魔法的石內卜教授原來都會死的。

既然有機會重新活一遍，子駿就以全新的眼光和心態去看這個世界。

看見父母每天來醫院陪伴他，想起小時候覺得不少夫妻很奇怪，好友國鏗的媽媽突然離開，近半同學來自單親家庭。有些男女好像為了有人跟自己吵架而走在一起，部分人不應結婚，更不應將孩子帶來世上。子駿從小感謝父母給他快樂家庭，但不願像父母那樣在小城市活一輩子，他要走遍這個世界。

子駿已活到父母結婚時的年紀，看見父母和許多其他夫婦甜甜蜜蜜的活在一起，也有不少夫婦吵吵鬧鬧多年仍在一起，開始相信他們有他們的快樂，大家對快樂的定義不同。有時候，連至親都未必明白。

他一直認為事無大小都要是正確的才會快樂，現在知道活得快樂就是正確。

子駿沒有更新他的社交網絡多日，發現留意他在網上失蹤的人並不多。上網只見

幾個好友留言問候，見他沒有回覆，也就各忙各的。

有天跟父母閒聊時，媽媽說：「有些朋友致電老家找你，現在還有人致電家裏的電話，真是奇怪，不過，我沒有跟他們說你遇上意外，以免大家擔心。」

「沒有人知道我在醫院，難怪沒有暗戀我的女生飛來探病。」子駿嘟嘴說，逗得他的父母笑起來，爸爸答：「你知我當年比你靚仔，名為『情場無敵鬼見愁』嗎？」

媽媽說：「別說謊啦你，我才是校花哩！」

「你們日日打情罵俏還不厭嗎？」子駿說：「有沒有人理會我的感受？」

「嗯，謝家知道的，不過，國鏗從來不會多言，所以，連他的女朋友都未必知道。」子駿媽媽說。

子駿長歎一聲，說：「你們去逛街吧，就由得我一個人寂寞好了。」

他的父母相視而笑，爸爸說：「只有你令人寂寞，你又怎會寂寞？」

「從早到晚過度活躍，當日應該帶你去看醫生。」

三人在病房說說笑笑，讓子駿感到康復的日子過得好快。

子駿的 Facebook 朋友接近上限，Instagram 的追隨者也多，然而，他知道除國鏗外，關心他的朋友還有致電老家的幾個。想到這兒，不禁泛起笑容，有幾個好朋友已經很好。

好像約定了一樣，當他想起還有幾個好朋友會關心他，就收到阿恩的短訊。閒聊幾句，請她代找張思琪，女生找女生下落好像容易一點，他太努力找尋的話，倒像兵

仔忙於追尋娘娘下落。

子駿忘記兩人的無聊笑話和閒談後，唯忘不了這幾句。

「為什麼要幫你？」阿恩問。

「我想知道她的近況，八卦而已。」

「我不會幫助不講事實的人。」

「我在澳洲遇溺，曾經心跳停頓，張思琪在我的腦海出現，我想知道是否幻覺。」

「我幫你找她，我都想知。」

那次短訊後，阿恩沒有聯絡他，也許因為未能找到張思琪，直至子駿返回香港都沒有。

子駿跟父母回港後，打算約張思琪出來詳談那是夢境還是幻覺，沒想過張思琪的名字和樣子還在他的腦海。然而，一直找不到她的蹤影，她像從來沒有在他的人生中出現似的。

子駿聯絡熟絡的舊同學，大家說她到外國讀書後，沒有再聯絡，好像刻意遠離他們，所有羣組和舊同學聚會都找不到她。

在任何人都可憑一張照片被起底的今日，根本不可能找不到認識的人。子駿比阿恩更快找到張思琪的家居電話，致電問張思琪的聯絡方法，接聽電話的女人問：「你是誰？」

「我是陳子駿，張思琪的中學同學。」

「你為什麼找她？」

「我知道她在外國讀書，想跟她閒聊而已，或者，我們不用見面，如果不方便給我電話號碼，你給我電郵地址、Facebook 或 Instagram 名稱都可以。」

對方沉默起來，子駿覺得手機有回音似的，只好說：「全部舊同學都不知她的下落，我不會騷擾，只是傾兩句。」

「你上來我家，我跟你說。」冷冷的聲音說罷即掛線，沒差一秒。

子駿握住手機發呆，想起蘋果教主喬布斯曾說手機要輕巧，不能愈出愈大，讓人拿塊多士放在臉旁傾談似的。然而，當對手的手機變大，消費者看屏幕更清楚後，教主不得不放棄堅持，新出多士那麼大的手機。想到這兒，子駿的大腦好像將所有點和線連繫起來，想起教主因胰臟癌英年早逝，隨即想到張思琪也許……子駿連忙否定一

切不吉利的想法，張思琪那麼年輕，應是躲在隱世大學潛心讀碩士或博士。

既然有張思琪老家的電話，要知道地址十分容易。子駿買盒曲奇餅，探訪前再致電給她的家人，相信接聽電話的是她的母親，然後親自上門拜訪。

雖然印象模糊，但看見張思琪母親的時候，不得不相信遺傳的神秘奧妙，子駿相信，張思琪老去就是這副模樣的。

「你為什麼要找思琪？」女人冷冷問。

「我在澳洲遇溺昏迷，夢到一處陌生地方，只有我和張思琪，她叫我離開。」

「你見到的她是怎樣的？」

「樣子跟中學時有點不同，我都覺得好奇怪，許久沒見過她的近照，但一眼就知道

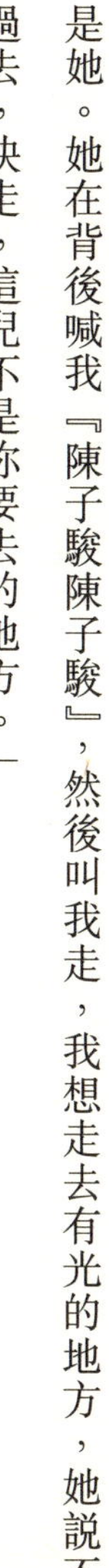

是她。她在背後喊我『陳子駿陳子駿』，然後叫我走，我想走去有光的地方，她說不要過去，快走，這兒不是你要去的地方。」

思琪的媽媽聽得入神，一動不動地坐在沙發上。子駿說：「伯母，我很久沒有跟思琪聯絡，讀書時跟她也不算熟絡。昏迷時夢見她後，才冒昧找她。」

「思琪走了。」女人輕輕說。

子駿即時知道走了的意思是死亡，好像印證了他的直覺，張思琪是癌症離世的。儘管如此，他依然無緣無故感到心酸，眼淚在眼眶中打轉。自有記憶以來，子駿都不是愛哭的男孩，現在更加不應流淚，但眼淚還是不能自已的掉下來。

「不要難過，思琪要我不要難過，也不要告訴任何人，就是不想有人為她傷心，她總是先考慮別人的感受，才想到自己的。」思琪的母親說。

「思琪救我一命，如果不是她，我會走去亮光處，相信已經死了。」

「你可以多說點關於思琪的事嗎？」

子駿看見張思琪的片段是幾句話可以講完的，甚至不肯定是否發夢或瀕死幻覺。不過，他還是捺住性子，不斷重複那次見面片段，一遍又一遍的說下去。

下午來到思琪的家，陽光普照，不停談及跟張思琪的幾句對話後，子駿驀然發現天已全黑。他一直陪伴思琪的母親閒聊，直至深夜才離開。

日光和街燈的對比恍如隔世，子駿再跟自己說一遍：他要好好的活下去，珍惜每分每秒的好好活一遍。

思琪媽媽說因為思琪患病，她與丈夫為各種治療方法爭拗不休，不同的西醫都認為沒有治療方法，不過，思琪媽媽仍抱一線希望，堅持西醫化療。思琪爸爸見女兒太辛苦，要轉用中醫和自然療法，甚至放棄治療，讓她好好度過餘下的日子。然而，思琪媽媽始終不願相信年輕的思琪要離開她，寧願花盡金錢要她接受最新的療法。

思琪離開以後，她的父親很快便離開香港，交由律師辦理分居和離婚手續。思琪媽媽只好獨居在原本三人住的單位，她跟子駿說可以留下來一起吃飯時，子駿連忙答允，彷彿暫代思琪陪她的媽媽吃晚飯。

乘巴士回家的時候，子駿坐在上層第一個位，那是他自小喜歡的座位。拿出手機看網上新聞，看見題目是：「五天以來第四宗學生自殺事件，自二〇一五年九月開學以來第二十宗學生自殺悲劇。」

子駿放下手機，無意看下去。他想到人生的終站是死亡，死亡是生命的出口。萬一自殺後才知走進可怕空間，那個出口其實是另一個入口，卻不知真正終站和出口在

哪兒，要是墮進永恆燃燒烈火的地獄，豈不是更痛苦和恐怖？

世上有許多人想多活一日都不成，張思琪、大衛寶兒和阿倫力文都不願離開的，他們知道患病就去醫治，無奈不得不走。

子駿望向前面的大玻璃，只見自己木無表情的樣子，以及坐在他後面同樣木無表情的乘客樣子。

巴士駛向黑暗的地方，外面漆黑一片，令玻璃窗變成鏡子般清楚，子駿看見麻木的自己，又見各式各樣麻木的乘客，驀然想起當日看見的遇溺者是自己，也許，他早已沉在海牀，往後發生的一切才是死前一瞬的幻覺。

迷惘間，阿恩的短訊把他帶回現實世界，阿恩寫：「知道張思琪下落沒有？」

「知道，下次跟你一起上思琪的家吃飯。」

「這算是請我吃飯嗎？」

「認真的，我們約個時間上去。」

阿恩留下「嬲嬲」符號離線。

子駿想起自有記憶開始，從來沒有一刻比這刻更難過，卻不知難過的原因，只知思琪的媽媽寂寞，他們多點上去陪她閒聊，相信思琪會為他們陪伴她的母親而高興。

第二章 炎夏飄雪

由出世開始在擠迫的城市生活，阿恩覺得街上人來人往，身體貼近，感情疏離。大多數路人沒有表情，拉行李趕購物，看手機聽耳機，各自沉醉在自己的世界中。

無論四周有多少人，城市人都避免碰到其他人，大家在島與半島上生活，心裏都各自有一座孤島，偶爾連繫，隨即分散在不同的坐標。

阿恩從小認識的人說多不多，說少不少。然而，她從來無法記住每個舊同學的模樣，反而記得不少名字。她記得二〇〇二年讀中一，因為下學年 SARS 蔓延，整個城市變得不一樣。第一天踏入中學，阿恩面對一班新同學，覺得格格不入，好像外星人來到地球，看不到同類，只好假裝自己是地球人，假裝跟同學有共同話題，跟同學有說有笑，然而，內心始終有說不出的寂寞。

不知什麼緣故，阿恩覺得二〇一六年的夏天跟二〇〇三年近似，明明熱得冒汗，但心底裏仍有說不出的寒意。

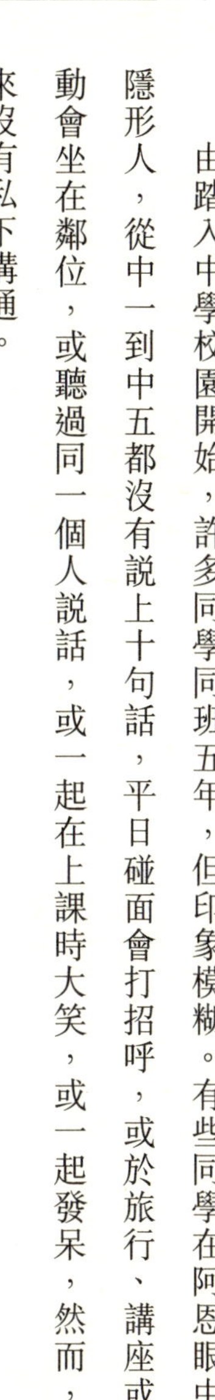

由踏入中學校園開始，許多同學同班五年，但印象模糊。有些同學在阿恩眼中是隱形人，從中一到中五都沒有說上十句話，平日碰面會打招呼，或於旅行、講座或運動會坐在鄰位，或聽過同一個人說話，或一起在上課時大笑，或一起發呆，然而，從來沒有私下溝通。

張思琪就是這樣的同學，畢業多年，最近在社交網絡和羣組問她的下落，所有同學都表示不知道。中學畢業後，張思琪到外國升學，原本跟幾個同學保持聯絡，後來換了手機，隨即在網絡世界中消失。同學致電她的老家想聯絡她，但她的父母不願多談，要是同學留下聯絡電話，張思琪的父母會說待思琪有空會聯絡他們，不過，沒有人收到張思琪的回應。

城市生活令每個人都自覺繁忙，大家忙於讀書、兼職掙錢、旅遊、娛樂和戀愛，沒有人繼續留意張思琪的去向，彷彿從來不認識這樣的一個人。

阿恩在羣組問起，很少人回覆，就算回覆也表示不知道，最多加幾個公仔符號。阿恩努力找尋張思琪多時，最終知道，一個人要在生活圈子中消失，就如一滴水流入大海，悄然無聲，其他人根本不知道她何時消失，也沒有多少人關心。

除了陳子駿的父母外，阿恩是最先知道他在澳洲游水遇溺的，因為她剛巧在澳洲旅行，看見網上新聞提及一名華裔青年遇溺，奇蹟生還。有圖有真相，阿恩發現那名幸運的華裔青年是舊同學陳子駿，連忙給他短訊問候，他即時回覆：「未死得。」

「網上瘋傳，震驚全球數十億人啊！」

「震驚了整個銀河系的生物。」

「幾時出院？」

「剛剛發還手機給我解悶，不知幾時走得。」

「雖然我在澳洲，但不同地區，不能來探望你。」

「幾驚你來，嚇得我！」

「看見你的神回覆，知道你沒有浸壞大腦。」

「我同以前一樣精靈，護士都叫我不要太聰明。」

「別性騷擾護士姐姐。」

「我怕她騷擾我。」

「好好休息。」

「嗯，你記得張思琪嗎？」

「記得這個名字。」

「我好像夢見她。」

「不必跟我說你的美夢啊……」

「在醫院不方便用手機，你幫我找找張思琪，找到請你食飯。」

「我有飯食。」

「我請啊……」

「為什麼要幫你？」

「我想知道她的近況，八卦而已。」

「我不會幫助不講事實的人。」

「我在澳洲遇溺，曾經心跳停頓，張思琪在我的腦海中出現，我想知道是否幻覺。」

「我幫你找她，我都想知。」

「謝。」

「你是對思琪和美琪這樣有個琪字的女生特別有興趣，還是想找個藉口請我食飯？」

「我當然為了請你食飯（加了一大串笑到流口水符號），你幫忙找她，我好想見

她。你答應啦，我要去做檢查，要放下手機了。」

「好，你欠我一餐飯。」

「一定還。」

阿恩以為很快找到張思琪，可惜，全部舊同學都表示沒見過她……張思琪彷彿從來沒有在大家的生活圈子中出現，甚至從來沒有在大家的腦海中留下位置，她是徹底消失。

想起消失，腦海中驀然浮現人魚公主的影像，人魚公主為愛情以聲音換來雙腳，最後為愛情化為泡沫，在大海中消失得無影無蹤。

恍如靈光一閃，阿恩猜想張思琪也許會用網名在網絡平台上留下蹤影，於是在社交網絡中用 The Little Mermaid 加張思琪的名稱變化搜尋，試過數十款網名後，最終找到「小魚琪琪」的網誌和 Facebook，雖然很久沒有更新，但以前的圖文仍在，網誌只有二十人訂閱，Facebook 的圖文只得三兩個人讚好，不知什麼緣故，她知道小魚琪琪是張思琪。

阿恩細看留言的人的名字和圖片，看見舊同學「數王」，他讚好每一篇小魚琪琪的貼文，連忙給他短訊：

「你有張思琪的聯絡方法嗎？」

數王沒有回覆，也許沒有上 Facebook。

阿恩開始看小魚琪琪的網誌，那是熟悉而陌生的感覺，跟看朋友網誌和陌生人網誌完全不同，在熟絡和陌生之間，就是聆聽舊同學說故事，聽她訴說當下心聲。

張思琪原是數載同窗的「陌生人」，然而，看過她寫的網誌，阿恩感到張思琪是她的知己，尤其是看到張思琪寫她從小覺得自己是外星人，不知為何混在地球人之中，簡直像看自己的日記，他們都是整天等待太空船帶自己回到屬於他們的星球。

阿恩由小魚琪琪最後一篇網誌看起：

「我很快消失，也許，並非消失，只是去到另一個地方。我相信在平衡宇宙中有另一尾小魚琪琪，她會健康活潑地完成大學課程，她會完成我的夢想，她會走遍西藏，她會替我找到答案，到底我們為何而生？為何而死？」

這篇網誌跟其他網誌一樣簡短，看看日期，那是張思琪十九歲時寫的，大部分人在十九歲的時候充滿希望，為什麼張思琪寫得那樣灰暗呢？

阿恩不知道張思琪為何將生死和西藏連繫起來，只好一篇又一篇的看她的網誌和

Facebook圖文。跟平日看書一樣，阿恩並非順序或倒序去看，她習慣隨意看一篇或一頁，然後看第二篇或放下不理。

「其他人總是活得開心如意，何解我的人生如此艱難。我從來沒有考第一，沒有人讚我讀書好，無論在學校還是補習班抑或興趣班，沒有多少同學留意我。同學組合唱團，甚至唱K，都沒有人邀請我，或者嫌我唱歌走音難聽。我的體質差，運動更差，無法參加球隊和體操隊。一直以來很少朋友，更沒有隊友。媽媽要我學琴，但我最討厭練琴，考到五級就不想學下去。別人總是活得那麼容易，只有我困難重重，好想大口大口呼吸清新空氣，好辛苦，好無奈。這個世界並不需要我，我為什麼要來白走一趟呢？」

阿恩沒料到張思琪寫得那樣認真，每一篇都像學校作文，沒有符號公仔，沒有潮語，沒有英文或數字代替文字，認真到有種不真實的感覺，網上文字怎會如此？

阿恩在電腦看小魚琪琪的網誌時，收到數王的短訊：「你搵佢？」

「可以聯絡她嗎？」

「5得」數王慣用5代替唔，經常省略標點符號。

「緊要事，幫幫忙。」

「以前寫給她，她會覆，後來只讀不回，還轉了手機。」

「你跟她是Facebook朋友。」

「都5覆。」

「最後一次見她是怎樣的？」

「5記得」

「好冷淡呀你。」

「你太熱情」

「有同學說你曾約會張思琪……」

「她拒絕」

「不好意思，我並非八卦你們的事，不過，我真的想知道你何時見過她。」

「5記得」

「你的語氣好像問責高官。」

「最後一次見她，是我買廉航機票飛過去找她，她叫我不要愛她，她沒有明天。」

「女孩子這樣說，不等於拒絕，你不問清楚？」

「當時好嬲，我儲好耐錢先可以飛過去，嬲到轉身走。」

「她怎樣反應？」

「有反應，我一直走，以為她會望住我的背影，點知一轉身，發現她比我早走。」

「你再等她呀！」

「好蠢，我自己留了幾日，四處看四處逛，沒有再找她。」

「然後覺得後悔，再去找她？」

「佢5理會我。」

「沒有辦法找到她？」

「找到話我知，我都想知她最近怎樣。」

「不再嬲？」

「不說了，找到她通知我。」

「講多點。」

「555555555555555」

阿恩見數王已離線，繼續在手機上看小魚琪琪的網誌，先找一篇題為「我沒有明

天」的。

「有個美國同學跟我說喜歡我，我告訴他我沒有明天，不要愛我。他說大家可以做朋友，我跟他說我沒有時間交朋友，我好想拿到學位，有許多書想看、許多事想做。他說陪我一起讀書，我還是拒絕了。待我離開後，起碼，這個世界上少一個人為我傷心。我已經連續三晚沒有睡覺，睡覺實在浪費時間，我看了幾本關於英國考古學家的書，好開心，可以讀自己最喜歡的科目，真是一件愉快的事。」

阿恩覺得張思琪寫得那樣明顯，以數王的智慧，早應知道她說沒有明天的意思，只是不肯承認而已。

旅遊回港以後，阿恩有時間就看張思琪的網上圖文，漸漸感到自己變成追蹤狂，細讀張思琪的貼文和網誌，好像跟她熟絡起來，彷彿成了張思琪的朋友，甚至知己。平日跟朋友閒聊，始終會保留某些想法，張思琪的網誌卻展示最真實的自己，毫無保留地寫下一切。

「人生實在太短暫，尤其是我的。我多麼想看遍全世界，好想去西藏，那是神秘考古，好像古格王朝一夜消失，至今仍是考古學的謎，真想去看看。我還想看看天葬是怎樣的，人死後，整個人被蒼鷲吃得一乾二淨，這樣將自己歸還大自然，真是徹底的消失。」

阿恩聯絡子駿：「找到張思琪沒有？」

「跟她的媽媽見過面。」

「如何？」

「見面傾。」

「好，約埋舊同學好嗎？」

「不，我想約你同思琪的媽媽一起吃飯。」

「我不認識她啊！」

「陪陪她，她很寂寞。」

「好。」

子駿約阿恩在車站等，阿恩遠遠看見胖了一圈的子駿，不覺笑起來，說：「增肥三十磅成功。」

「沒有增肥三十磅，胖了一點而已，媽媽不斷要我吃東西，澳洲的醫院好食好住，胖了一點，胖了一點吧，你別誇張。」

「國鏗怎樣說？」

「他說我健碩。」

「他果然是你的好朋友，換了是小敏，一定笑你肥駿。」

「全班只有你會笑我，肥恩。」

「我是標準身材，你才是肥駿呀！」

從來沒有人稱他肥駿，讓阿恩多說兩遍，又覺得做肥駿也不差，不覺笑起來，但笑不下去，認真地說：「你知道張思琪的下落嗎？」

「你不直接說，代表我猜中，她在天堂嗎？」

「嗯，給你心理準備，思琪媽媽好像還未接受現實，你別亂說話讓她難過。」

「我做股票經紀多時，自然懂得說話，思琪爸爸一起吃飯嗎？」

「他們離婚了。」

「嗯，我們要買點東西才上去嗎？」

「思琪媽媽說不要，她一個人住，食物太多吃不完，雜物太多也浪費，她說我們陪她吃飯已經很好。」

阿恩點點頭，跟子駿一起上去，看見思琪媽媽，驀然記起中一的張思琪，那年SARS，大家都戴口罩，思琪的雙眼跟她媽媽的近乎一模一樣。

思琪媽媽對阿恩非常熱情，招呼他們坐下以後，連忙從廚房拿出碗筷和四菜一

湯，阿恩想幫忙，但她示意不用。

吃飯時，思琪媽媽對阿恩説：「思琪讀中學時，經常提起有個叫宋美恩的同學，上課望出窗外，老師刻意叫她起身答問題，她又識答，原來是你。」

「多謝思琪提起我，原來她有留意。」

「你年年考第一或第二，後來有個插班生阿雪轉來讀書跟你爭第一，呀，好像還有個成績好的叫程振文。」

「他叫程卓民呀。」

「年紀大就記性差，對，是程卓民，他的成績都很好。」

「張思琪有沒有提起我呀，我是陳子駿呀。」

「記不起了，你考第幾？」

「現在不講這些，求學不是求分數。」子駿笑說。

「我很喜歡聽思琪說學校的事，可惜，她去英國讀書以後，再沒有跟我談同學和功課了。」

「讀大學很忙的。」阿恩說。

「尤其是思琪，一邊醫病一邊讀書是特別忙的。」思琪媽媽道。

「有病還去讀書？」子駿問。

「我求她不要去英國讀書，留在香港一樣可以讀大學，不過，聽到思琪說了一句話，讓我決定放手讓她去英國。」

「她說英國靚仔多？」子駿搞笑問。

「她想見英女王？」阿恩笑問。

「她說不去英國會死唔眼閉。」思琪媽媽道。

氣氛一下子轉變，子駿和阿恩默默吃飯，思琪媽媽說：「單是聽到這一句，我就知道要讓她走。」

「在英國讀考古學好呀，田野考察也方便。」阿恩說。

「你怎知道她讀考古？」思琪媽媽問。

「我們是同學啊！」

「別騙我，思琪沒有跟任何人說她去英國讀書的。」

阿恩靜了下來，她知道思琪媽媽並不了解女兒，最低限度，數王知道思琪在哪兒讀書，甚至去見她，思琪曾跟人說她去英國讀書，甚至留下校名和住宿地址。

「你怎知道？」思琪媽媽追問。

「她在夢中跟我說的。」阿恩睜大眼說謊，她無意提及小魚琪琪的網誌和Facebook，如果思琪想父母看到，早已告訴他們，不必她傳話的。

「多吃點魚吧，子駿，你瘦呀。」思琪媽媽用公筷夾魚給子駿說，阿恩聽到差點笑到噴飯。

「對啊，我有點瘦，我會多吃一點。」子駿笑說。

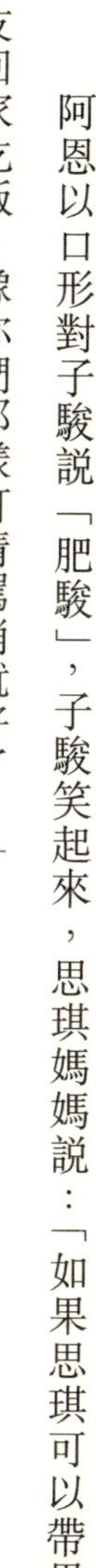

阿恩以口形對子駿説「肥駿」，子駿笑起來，思琪媽媽説：「如果思琪可以帶男朋友回家吃飯，像你們那樣打情罵俏就好了。」

「誰跟他打情罵俏，打架就有。」

「我很久沒有像今日那樣開心，你們多點上來吃飯。唔，不阻礙你們做正經事的話就多點上來，反正飯都要食的。」

「他沒有正經事可做，做的都是不正經的。」阿恩説。

「我不知做幾多國家大事，沒有告訴人而已。」子駿回應。

思琪母親只管笑，然後不停為他們夾菜，撐得兩人幾乎要食胃藥幫助消化。

離開思琪老家，阿恩問：「她有病嗎？」

「不知道，她沒有提起。」

「她沒有親人照顧，我們要陪她求診嗎？」

「如果想像思琪在英國讀書而非死去可讓她開心，何必要她面對現實？」

「我怕是精神病會惡化。」

「你看街上的人，有多少人是正常的？」

他們在繁盛的街道邊走邊說，街上的人穿着單薄衣物，行色匆匆，這樣的炎夏夜晚，讓阿恩想起英國的嚴冬。下午四時許已經天黑，寒風刺骨，大家都想早點回家。

「你在想什麼？」

「你呢？」阿恩反問。

「我想起英國的冬天，張思琪不知怎樣捱過英國的寒冬。」

「我也是想起英國的雪夜，路人同樣冷漠。香港處於亞熱帶，但香港人從來沒有熱帶地區的人那種天真和熱情，也許跟百多年殖民統治有關。」

「你不用說得那麼深奧，也許是你的幻覺，在炎夏看見飄雪。」

「你才有幻覺。」

「我真是有幻覺，或者跟張伯母的種類一樣，我們相信張思琪留在英國讀書。」

阿恩沒有多說，跟子駿默默走到車站去，心底裏倒明白子駿這一刻的想法。

站在車廂內，阿恩看見「彩虹五貓」羣組的短訊，美琪寫：「又有一個名人因為腦退化離開。」

「拳王阿里？」阿雪寫。

「他患的是柏金遜症，剛剛離開的是荷李活一代笑匠真懷德，爺爺說那年代的黑白西片好好笑，沒料到他們患同樣的病離開。」

阿恩一手緊握扶手，一手打字：「我沒有看過阿里打拳，也沒有看過真懷德的電影，不過，看見這樣的新聞令人不開心。」

「美國人喜歡他們的。」小敏回應：「阿里離開的時候，不少男同學都轉貼阿里的黑白舊照。」

「很久沒有出來吃飯了，小敏幾時再返香港呀？」婷婷。

「上次太匆忙，約不齊人，今次要齊人啊！」

「你們記得張思琪嗎？」阿恩。

「名字是記得的，但我記不起她的樣子了。」小敏。

「我中三才認識你們，沒多久，她就退學了。」阿雪。

「你為什麼說起她？你碰到她嗎？下次聚會可以約她出來啊！」美琪。

「沒什麼，突然記起這個名字，問問大家而已。」

「快點約見面，好掛住你們啊！」小敏。

「別誇張，你用四個衣架一人一個的掛住我們？」阿恩。

大家回覆一堆哈哈笑符號，阿恩在車廂中忍不住笑起來，也許有些乘客以為阿恩精神異常。

第三章　蕭瑟深秋

看過張思琪的網誌和 Facebook 後，阿恩開始後悔中學時沒有留意她。現在才知張思琪一直留意「彩虹五貓」，回家還跟媽媽說起。張思琪並非特別聰明或出眾美麗或搞事頑劣的學生，加上體育、音樂和美術都沒有突出表現，就這樣成為班房裏近乎隱形的人，很少人知道她的想法，或有興趣了解她的內心世界。

既然張思琪不願公開病情，甚至不讓人知道她已離去，阿恩自然沒有跟任何人說，這方面跟子駿倒有默契。子駿整天嬉皮笑臉，然而，認真起來比任何人都認真，他同樣沒有提及張思琪的事。社交羣組很快忘記他們曾經尋人，反正每日發生的事實在太多，沒有人對幾個月前甚至幾日前的事掛心。

思琪媽媽經常約他們上去食飯，子駿已經外遊，只有阿恩跟她晚飯，氣氛總有點古怪，思琪媽媽有時喊阿恩做思琪的，好像跟女兒閒話家常，又像自言自語，阿恩有時覺得不妥，總想勸她去看精神科醫生，又覺得未到那個地步。阿恩不時收到相關手機短訊，推掉數十次後，總有一次赴約。

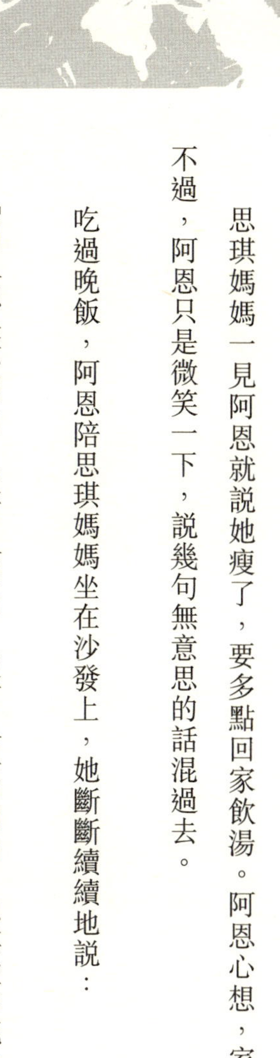

思琪媽媽一見阿恩就説她瘦了，要多點回家飲湯。阿恩心想，家裏的湯水充足。不過，阿恩只是微笑一下，説幾句無意思的話混過去。

吃過晚飯，阿恩陪思琪媽媽坐在沙發上，她斷斷續續地説：

「別人總是不明白，沒有人明白，沒有人真的明白，思琪並非死去，她只是留在美國，不願回來而已。

我沒有精神病，真的，我可以去超級市場買價廉物美的東西，購物數十元，單據列明我節省一百多元，連收銀員都讚我買得抵。我的大腦運作正常，沒有退化，沒有思覺失調，只是沒有人明白，思琪確實沒有死去，她昨晚還帶同男朋友來見我，她跟男朋友是中學同班同學，我很喜歡他，我想他們快點結婚，他們結婚後，我就會多了個兒子，真好。

思琪不喜歡留在香港，她說香港的轉變令她失望。她跟我說，某天在社交網絡發現曾經尊敬的老師用藍色絲帶為頭像，她覺得難以置信。我跟思琪說，各人有各人的選擇，起碼，那位老師沒有隱藏自己的想法，單是這一點，也值得尊重。

思琪說大學畢業後想留在紐約生活，我說好啊，紐約是熔爐，任何種族的人都可以尋找美國夢。思琪說特朗普是大白人主義，排擠有色人種，包括華人，歧視女性，留在紐約生活也不容易。我說家裏的大門隨時為她打開，她喜歡留在紐約或返回香港都可以，媽媽永遠支持她的。

我的精神正常，為什麼沒有人明白？我只不過喜歡睡覺，因為思琪總在我的睡夢中出現，她最近換了髮型，我跟她說她長髮更好看。思琪說她剪掉十吋頭髮，捐給慈善組織編製假髮，送給因化療掉光頭髮的癌症病人。短髮的思琪俏麗可人，像《金枝玉葉》的柯德莉夏萍，她永遠是我的小公主。我的思琪充滿愛心，她說患癌後，知道癌症病人的痛苦，只要做得到，她都希望可以幫助人。

醫生，為什麼你們不信任我？思琪爸爸整天忙於工作，思琪入醫院的時候，他還在澳洲公幹，只有我陪伴思琪入院檢查，總是這樣的，這個世界只餘下我和思琪似的，我永遠陪伴思琪，思琪永遠陪伴我。

她喜歡鬱金香，今天醒來，看見書桌上的花瓶中有一大束粉紅色的鬱金香，我知道思琪回來探望我。紐約的冬天寒冷，思琪喜歡冬天夜晚回來，早上才離去的，她給我帶來一束鬱金香，讓我整天心情愉快。

別的小孩都頑皮，只有我的思琪最乖巧，她會自己做好功課，然後練琴，頂多玩一陣子『超級馬利奧』，她最近回來教我玩的，原來好好玩，我可以玩一整天，不用吃飯……」

阿恩多次想插話，但她還是說下去，阿恩想跟她說思琪去英國讀書，不是美國，

即使思琪繼續留在外國進修，跟媽媽說的也不會是紐約。然而，阿恩見她說得高興，雙眼煥發神采，好像思琪真的在紐約生活愉快，不忍說破，只好默默聽下去。

在重複的絮絮唸聲中，阿恩開始無法集中精神細聽，她知道思琪媽媽說及女兒在紐約的生活全是假的，也許，她就是整天在腦海創作思琪的人生，彷彿有另一個思琪活在她的想像世界中。

阿恩轉移目光看客廳佈置，看見靠牆的書架上都是密密麻麻的書，不禁好奇去看看。思琪媽媽還在說思琪小時候學溜冰的事，說到紐約有戶外溜冰場，思琪的溜冰技術一定令洋人大開眼界。

書架上的書整齊清潔，可見每日有人打掃但很久沒有人拿書來看，從書名可見，大部分書都是思琪買的。她隨手抽出一本《活出有愛的生命》，翻到夾有書簽的一頁，篇名是〈破碎〉，有人用原子筆畫線的一句是「我們的破碎顯出我們是誰」。

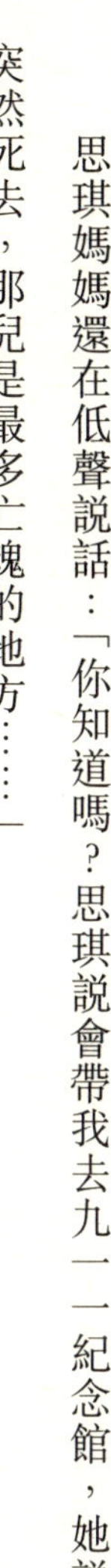

思琪媽媽還在低聲說話：「你知道嗎？思琪說會帶我去九一一紀念館，她說許多人突然死去，那兒是最多亡魂的地方……」

「咳……」阿恩假裝咳嗽幾聲，企圖打斷思琪媽媽的說話，但她像沒有聽到似的繼續說，阿恩只好大聲問：「這本書是你的？」

「思琪說紐約有許多歌劇上演，她說我一定喜歡看《獅子王》……」她沒有聽到似的繼續說。

阿恩拿書在她的眼前晃動，再大聲問一次，她如夢初醒似的說：「我不買書，應該是思琪的，思琪爸爸連書都帶走了。」

「你看過這本書後，自然明白思琪多一點。」阿恩將書交給她。

「我將她生出來，沒有人比我更明白她，為什麼要看她看過的書？」

「對一個人好奇，就會看那人看過的書籍和電影，我以為你有興趣而已。」

「小說嗎？」

阿恩翻開序細讀一遍，然後說：「不是，作者是神學家盧雲，他為一段友誼而寫這本書。嗯，思琪還用筆畫了一句：分擔沉重的掙扎成為我們友誼的象徵。」

「我為什麼要看這本書呢？」思琪媽媽突然清醒過來說：「我們之間不是友誼，要看的話，應該是你看的。」

阿恩一怔，說：「我放回原位好了。」

「你帶走這本書，思琪想送給你的。」

「好啊。」阿恩想推卻，沒說出來，隨即轉為欣然接受。

「思琪去過大都會博物館……」

「思琪在英國讀書，去過大英博物館，但她不曾踏足紐約。」

「你以為我精神病嗎？我知道她在英國讀書，不過，我一直想她留在香港讀書，留學的話，都應該去紐約讀書呀！我哥一家住在紐約，可以照顧她。誰知她像她爸那樣固執，一定要去英國。她去紐約一定開心得多，美國醫療先進，說不定可以醫好她。」

阿恩的腦海中浮現剛剛翻閱的「破碎」，思琪媽媽有破碎的婚姻和家庭，人生也變得破碎。就算她是陌生人，阿恩都希望可以幫助她走出陰霾，何況她是張思琪的媽媽！阿恩決定幫助她，儘管不知應怎樣做，只好說：「我先走了，回家看完整本書再來還書。」

「你要走？」失落的表情掛在她的臉上，阿恩多麼希望自己有雙魔術手，可以抹走她臉上的哀傷。現實是她沒有魔術手，只有溫柔的聲音，刻意以愉快的聲音說：「我看書很快的，很快再來跟你食飯。」

「你別忘記呀！個個答應我回來食飯都忘記了。思琪是這樣，個衰佬又是這樣，我日日煮三個人飯，都得我一個食。」她幽幽地說。

阿恩不知道她真的分不出幻想和現實，還是刻意用幻想來安慰自己，深深吸一口氣後，說：「我從不失約啊！」

思琪媽媽笑起來，說：「思琪像你就好了。」

阿恩回家看書，作者認為回應「破碎」可用兩個方法，一是跟破碎友好，一是將破碎放在祝福裏。阿恩留意作者從來沒有用修補一詞，破碎無從修補，可以修補的就不是破碎。如果為家人離世或離婚而心碎，已碎的心是無法修補的。夢想破碎也不能改變，只能另設夢想。

作者有宗教信仰，阿恩沒有，不能將一切交給神處理。

百載人間旅程曾有無數人由心靈破碎走上自毀之途，他們以為別無選擇，事實是可以選擇的。面對破碎的現實，可以愛護破碎的心，讓心不再碎下去。

看完整本書，阿恩怕自己忘記，在手機上打字，自己傳電郵給自己留底：「讓思琪媽媽接受祝福可以安撫破碎，心碎了無法修補，接受他人的愛可以幫她填補親情的缺失。」

放下手機，阿恩開始思考自己的心靈是完整還是破碎的。她從小沒有遇過任何稱得上打擊的事情，父母跟她一起生活正常，外形討好，智商高於水平，想考第一和交

朋結友都易如反掌，但阿恩總覺得心底有無盡黑洞，讓她不知如何在大都會「正常」生活。說出來就是無病呻吟或拐個彎讚自己，從來沒有人明白阿恩那種破碎，連她自己也不大明白。

無論紐約、倫敦和香港，不管走過多少城市，總覺天地之大，無處容身。城市的貧富差距都愈來愈嚴重，她覺得好難給人「正常」的觀感，即使羨慕她的人遠比她知道的多。

她重看整本書一遍，想到要思琪媽媽將破碎放在祝福裏，不如自己先練習一遍，跟自己說所有不如意都是祝福，沒有不如意，她不會知道何謂如意。想到這兒，阿恩覺得自己的想法跟思琪的重疊起來，人生太難，人人都有不同程度的破碎，有人掩飾得好，有人躲起來不讓人知道，結果是大家都要看起來幸福美滿，任由內心千瘡百孔。

將破碎放入祝福裏……將破碎放入祝福裏……阿恩心裏默念多遍，然後再默念多

遍。

世界從未如此接近，買張機票，想得出的地方都去得到，然而，人與人之間的心靈距離彷彿愈來愈遠。我們知道天涯海角發生的每件事，只要你渴望知道，你一定找到資料。可惜，我們永遠不知道跟你對望的人在想什麼，即使你渴望知道，你都不會得到答案，也許，連當事人也不知道自己在想什麼。

子駿喜歡看足球比賽，尤其是巴西波，巴西球員總踢出足球的藝術和美感，這樣劇烈的運動比賽在他們的腳下變成國家榮耀，南美足球跟歐洲足球是兩回事。

當子駿看見巴西甲組足球隊查比高恩斯所乘的客機墜毀的新聞，不覺心下一沉。即使並非球迷，仍聽過查比高恩斯的勵志故事。一班丁組球員在幾年間令球隊連升三級踢入甲組，今年更打入南美球會盃決賽，正正是為了參與決賽而搭上死亡客機，人間禍福難料。

網上瘋傳有球員剛剛知道妻子懷孕，開心得手舞足蹈，可惜，孩子永遠見不到爸爸了。

子駿把思琪看作救命恩人，要求去她的墓前說句多謝。

思琪媽媽跟子駿說思琪是火葬的，她每個月都會去看看思琪，子駿可以跟她一起前往靈灰閣。

香港土地長期不足，活生生的人要住比車位細的單位，死人要有地方放骨灰也不容易。靈灰閣長期全滿，在密密麻麻的黑白照片之中，張思琪的照片顯得格格不入，好像春天盛開的鮮花誤長在蕭索的荒地。

子駿看着思琪的照片，默默感謝她在夢中出現，如果那是夢境，他感到夢中的思琪對他的關懷。如果是真實的另一空間，有她存在的地方也不可怕。

離開靈灰閣後，兩人在餐廳食飯，子駿隨口問思琪媽媽：「她是在英國發現有病的嗎？」

「不是，她讀初中的時候已經知道。」

「噢，我們全部不知道。」

「你沒有留意她從來沒有上體育課嗎？」

子駿想不起來，思琪媽媽說：「她怕撞傷和流血，血小板太少，很難凝血。」

「伯母以前讀醫嗎？」

「有個患癌的女兒，自然熟悉某些醫學術語。」

「你放心讓她一個人去英國讀書，好得，我媽連我去旅行也擔心。」

「我一定比你媽擔心，勸了思琪很久，她說一句不去英國就死唔眼閉，我的眼淚都流出來了，她要去就去啦。明知道未必可以畢業，她依然快樂。你呢？你有什麼想做？」

子駿在同學讀大學的時候去旅遊，他想看看這個世界。然而，他並不認為這是他最想做的事。如果世上有一件事讓他做到就可以安心死去，他到底想做什麼呢？事業有成？遇上心愛的人？環遊世界？他想不出一件事必須要做，做到不見得高興，做不到就死去也沒有問題。那麼，他為什麼要來到世界活一場呢？

思琪媽媽說：「思琪想追求快樂，她希望人生無論多短暫，起碼她是快樂地度過，她說不丹是世上最快樂的國家，所以，她想去不丹旅遊，感受不丹人擁有的快樂。可惜，除了英國，她已經沒有時間去其他地方。」

「不丹好冷門，每日有最低消費，好貴。」

「可以用錢解決就好了，我可以賣了層樓給思琪去任何她想去的地方旅遊。」

「思琪有你這樣的媽媽真是幸福。」

「才怪，她曾經不肯跟我說話半年。」

子駿知道那並非愉快的事，沒有追問，轉話題說：「除了不丹，思琪還想去哪兒呢？」

「她喜歡考古學，喜歡印度、尼泊爾、西藏和柬埔寨那些有許多古舊東西的地方，如果她喜歡去日本，我可以陪她去，但她一點都不喜歡，小時候跟我們去過一次，以後不肯去。」

「好挑剔，真是看不出來，記得她總是無所謂似的。」

「人家說生仔唔知仔心肝，我就生女唔知女想法，她一點不似我，也不似她的爸爸，我們不知多喜歡去日本！」

「我代思琪去旅行！她想去的地方，我都可以代替她去一遍。」

思琪媽媽笑起來，子駿從來沒有見過她這樣笑，覺得很奇怪，思琪的媽媽笑說：「你有十世人才可陪她瘋下去，她想去的地方多到我都記不住，你怎可能代她去看？」

「看得多少是多少。」

回到家裏，父母早已回房睡覺。子駿看見餐桌上有母親留給他的湯，還有一個郵包，那是在歐洲認識的背包客阿偉寄給他的，他仍在歐亞大陸旅遊，彷彿尋找什麼，又像等候什麼發生。

子駿沒想過阿偉會花錢寄郵包給他，連忙拆開。郵包中只有一本書和一封信：「你說我在最開心的時候，笑容裏都有一點憂鬱。當我看這本書的時候，忍不住哭了一場，重看又哭一遍，哭過後，我覺得開心得多。我以為我是世界上最不開心的人，原來不是，在快樂的國家中總有不快樂的人。我像這個男孩一樣長大，只是沒有老師讓我寫一本書。」

子駿沒有想過去不丹旅行，只是隨意上網看不丹的資料。由於不丹國王無法為國民提高國民生產總值，特意在一九七二年提出幸福指數，以一字之差給國民另一希望，將 GNP（Gross National Product，縮寫 GNP）變成國民幸福總值（Gross National Happiness，縮寫 GNH），將生產金額數字變成生活質素指數，提倡重視精神生活和精神享樂。

許多人將 Happiness 解作快樂，認定不丹是世上最快樂的國家。可惜，快樂或幸福都無法衡量，不丹國王以 GNH 的理念強調人類社會的真正發展是物質和精神同步發展的，並且相互影響。GNH 四大基本元素是平等穩固的社會經濟建設、文化價值的保護和發揚、自然環境的保護和高效管理制度的建立。

雖然從未踏足不丹，但子駿知道不丹國王和王后的公職情況，只要在 Facebook 讚他們的官方專頁。王后用的名字較簡單，她的專頁名稱是「Jetsun Pema」，國王的專頁是「His Majesty The Druk Gyalpo Jigme Khesar Namgyel Wangchuck」，不丹全國國民之中，只有王室成員有姓有名，王后名字後也加上 Wangchuck 王朝姓氏，其他人只有名字，這是子駿看第一本不丹人寫的自傳才知道的。沒想過第一本看的不丹人著作是中學生撰寫的，那是子駿看見名字已記不起樣子的遊人所送，當日給他地址代寄未能拿走的土產，沒有想過他會寄書給他。

書的作者 Norbu Jamtsho 以英文寫作，由加拿大前往的義務教師幫他編輯和修改英文，不過，子駿依然覺得有些段落詞不達意，或者是文化差距，英文對大家來說都是第二語言。

Norbu Jamtsho 在一九九六年生於農村家庭，他的名字意思是 Precious Ocean，很少人用珍貴來形容海洋。古往今來的父母大多給孩子美好的名字，然而，很少人的人生能夠比得上名字美麗。好像 Norbu Jamtsho 住在內陸，距離海洋很遠，也不見得珍貴，一出生就掉入悲劇似的。他的父親有五子二女，母親有六子二女，從數字可見她的母親有一個孩子是跟另一個男子所生的。一個複雜的家庭悲劇由幾個簡單數字開展，那是他的父親早逝，母親再嫁，再生一子。農村的人都讚他的母親好命，可以生八個孩子，個個都能活下來，沒有人理會這些孩子是否活得開心。

子駿的同學和朋友大多是獨生孩子，難以想像跟六兄弟姊妹一起成長。有些獨生孩子跟父母感情要好，三人行如朋友一般。

Norbu 的父親因工傷腳，沒錢去醫院，因為家境清貧，任由傷腳一直腫脹，拖延一段時間後死亡。如果他的父親有錢治病，肯定可以活下去。他的母親再婚後搬到另一條村生活，完全離棄他們，讓他像孤兒似的生活。幸好讀書成績優異，校長和老師願意幫助他，尤其是從加拿大到不丹義務教學的老師，出錢出力的幫助他出版這本英文書 Lights in the Darkness。

子駿給送書的朋友短訊：「你本手信很好看」。

手機顯示雙藍剔，讀過不回。

子駿發出笑到流眼淚的表情符號，然後將手機放下。

拿起書本細讀，子駿無法再將不丹和快樂國度聯想起來，世界各地的孤兒都不會快樂，難以想像不丹的母親對子女那麼決絕，再嫁後，跟未成年的孩子斷絕來往，將

他們交給貧困的親戚，任由他們自生自滅。

Norbu寫書的時候是十多歲的高中男生，直率地寫他的痛苦、難受和哭泣，讓子駿想起自己的日記，現在看來是無病呻吟。Norbu有兩個哥哥和一個姊姊，有天致電問姊姊要錢，兩姊弟為錢吵架，從此不相往來。子駿的年紀跟他的姊姊相若，明白她的苦況，她同樣在困境中掙扎，甚至不如弟弟幸運可以讀書，怎可能有餘錢資助弟弟上學呢？

兄姊只比他早些出世，父親離世和母親改嫁，對他們同樣是極大的打擊，大家都窮，並非不想幫助他，只是辦不到。如果Norbu有Facebook，子駿想寫短訊勸他別怪責兄姊，他們有他們的難處。正如他想照顧弟妹，同樣感到力有不逮。在書中常見他為錢為孤獨為貧窮為困境哭泣，多次提醒世上的父母千萬不要離婚，因為被父母遺棄的子女會非常痛苦。

在黑暗的歲月裏，幸好一再遇上愛護他的老師和朋友，他們如黑暗中的明燈，給他光明和勇氣，讓他可以繼續在幸福的國家不快樂地活下去。

每次有快樂指數或微笑指數排名，香港的排名一定在最後十個之內，子駿微微一笑，想到在香港活得不快樂是不用解釋的，香港人擁有不快樂的自由，理應感到快樂吧。

有大學研究多年，發現用西班牙文的人描寫快樂情緒較高，子駿未去西班牙前，聽說西班牙許多青少年失業，馬德里的小偷據說是世上最多的，歐洲很危險。到過後自然知道許多活在經濟衰退城市的人依然笑容滿臉，快樂指數仍高。

香港看似太平盛世，但中學生繪畫比賽的得獎作品大多灰暗，他們跟 Norbu 年紀相若，肯定比他富有，有父母和長輩照顧，卻活得不開心。他們出世時，社會早已變得有強權無公理，不少公職人員利用職權得到好處，特權人士橫行霸道……怎可能看不見社會的不公不義?

二〇〇三年瘟疫蔓延,子駿讀中一,香港市面蕭條,但香港人對未來充滿信心。想到自己讀中一時,Norbu 未到七歲,在快樂國度的農村生活,還未讀書,已度過人生最快樂的歲月,只是當時不知道。

子駿的手機有幾個羣組,每天都有對話和留言,他很少理會,更將手機轉到靜音,最留意的是中學最好朋友的羣組,這時短訊不絕。他拿起手機,不打算看羣組短訊,但為看見送書的朋友回覆而高興和感動,有些說話不會跟熟悉的朋友說,倒會跟只有一面之緣的陌生人傾訴:「他記得爸爸的樣子,但我記不起了。」

「謝謝你送書。」

「我買了十多本,自己看一本。」

「派街坊？」

「買書可讓他掙版稅。」

「明白。」

「我有家人養我，他沒有，走到這一步並不容易，我可以食少幾餐飯買他的書的。」

「不丹值得去嗎？」

「沒有傳說中的快樂，不快樂的不丹人多的是。」

「少過不快樂的北韓人。」

「我將會去印度，你來嗎？」

「讓我想想。」

單是想像印度旅程已經吸引，不過，近年只做兼職和外遊，好像太自私，沒有理會家庭和父母，這樣令他猶豫起來。晚飯時，一邊吃飯一邊跟父母商議。

「我想去印度旅行。」

「又去？」他的父母近乎一起說。

子駿嬉皮笑臉道：「陳生、陳太真是模範夫婦，連想法都一樣。」

「你別整古做怪又想騙我們的養老金，騙徒手法層出不窮，我們學精了。」子駿媽媽說。

「陳師奶英明，誰敢騙你。我夠錢窮遊印度，只是無法服侍你們而已。」

「剛從澳洲回來，你不打算進修，沒有想過正正經經上班嗎？」

「你們知我死過翻生，如果浸死了，讀書和工作有何意義？」

「你活到九十歲的話，不讀書、不工作又有何意義？」子駿爸爸說。

「跟你們說心跳停頓期間看見張思琪的事，她讀考古學，想去西藏和印度，就當我代她前往。回來後，我答應你們一定進修，或像爸爸那樣正正經經上班。」

飯桌氣氛一下子凝重起來，大家默默吃飯好一會後，子駿媽媽才說：「讓子駿出去好了，你以前說亞視敢創新，即使資源不多，偶然會做到大台做不到的節目。現在亞視話摺就摺，全香港最長歷史的電視台都可以突然終止廣播，我們就讓子駿實踐夢想好了。」

「你要縱容兒子就縱容好了，子駿去旅行跟亞視執笠有何關係？」

「有關係，近年覺得許多事難以預料。好像樓上張師奶一家那麼好人，兒子乖巧孝順，做消防員好好的，沒料到在迷你倉大火中受傷送院，更有同袍殉職。世事難料，讓子駿出去吧。」

「國鏗做記者做得那麼出色，子駿還在……」

「子駿，就當你答謝中學同學，代她完成心願，認真走一趟她想走的路好了。」

子駿誇張地上前吻媽媽一下，然後唱國語歌：「世上只有媽媽好，有媽的孩子像個寶……」

子駿爸爸低聲笑罵：「慈母多敗兒。」

跟父母一起吃飯是平常事，不知什麼原因，子駿內心泛起珍惜的感覺。如果已經死去，就像思琪一樣永遠無法再跟父母吃飯。或者，每個人都可能在下一刻離開世界，一家三口晚膳的日子還有多久呢？

子駿在心裏暗暗祈禱，希望上天給他們多點相聚時間，如果要加限期的話，最好五十年不變。

手機傳來阿恩的短訊，子駿放下碗筷，跟父母示意回房覆短訊，只見阿恩寫：「看過思琪的網誌後，我打算到西藏去，另開網誌為她繼續寫。」

「給我她的網址。」

「你找找看，她想大家看的話，一早公開了。」

「好奇怪，竟然同你心靈相通，我想代思琪去印度。」

「邊個得閒同你心靈相通，你咪講笑。」

「你不給我網址，我像冤鬼那樣纏住你。」

「未得她應許，我不會給你網址，不過，可以剪貼一段給你看：『儘管心痛、心碎、恐懼、難過，與其流淚，不如微笑。我們的大千世界，原是虛無。我們以為累積財富，其實沒有。我們的嗔笑愛恨，剎那成空。人生是由零歸於零的過程，我們還要積極生活嗎？當然要積極和投入生活，我們要愛過、笑過、付出過、接受過……』」

「好深，看不出是張思琪寫的。」

「許多事情都看不出。」

「不如我們一齊去印度和西藏。」

「暫時不想去印度。」

「說不定會遇上，西藏和印度隔個喜馬拉雅山。」

「好呀，你爬山過來相遇吧。」

「有時候，我都不知道為什麼要努力讀書和工作，像思琪所寫，剎那成空。」

「你懶就懶啦，咪扮文青。」

「我以為能夠認真說話。」

「很認真，這是沒有人類想到答案的問題，我們不必多想。」

「我讀哲學，我會想出答案。」

「早睡早發夢，你會想到的。」

阿恩隨即離線，子駿用手機上網，計劃他的印度行程。

當他搜尋印度的旅遊資料時，電腦出現尼泊爾二〇一五年四月二十五日大地震的資料，他想了想，先訂尼泊爾機票，到時再由尼泊爾去印度。

飛加德滿都的是夜機，好友謝國鏗約他午膳，閒聊幾句，拿出一份禮物，圓圓的金屬小碗，還有小木棒。

「你可知是什麼？」

「用來吃飯，這麼細個碗，我要食十碗八碗才飽啊。」

「用來唱歌的。」

「唱來聽聽。」

國鏗拿起小木棒圍繞小碗邊緣轉動，發出清脆悅耳的聲音，子駿聽得呆了。

「做記者有這樣的好處，前天訪問修士，這是他送給我 Singing Bowl，轉送給你，悶的時候可以聽聽。」

「真夠兄弟，多個玩具隨身玩。」

「不是玩具。」國鏗正色說：「我看過資料，公元前八至十世紀，已經有 Singing Bowl，有些人譯為磬，也有人譯為頌缽，古代的西藏、不丹、尼泊爾、印度、日本和

韓國都有，每個的大細、物料、弧度、共震和聲音均不同。」

「你做記者做到變人肉搜尋器。」

「訪問專家前，總要記熟一些資料。」

子駿覺得跟國鏗做好朋友最值得珍惜，不過，他沒有說出來，只是深深的凝望國鏗，國鏗沒好氣地說：「你別用這種眼神望我，我沒有再多禮物的了。還有，我對美琪癡心一片，你別妄想了。」

兩人大笑起來，茶餐廳中的食客倒處變不驚，反正現在言行古怪的人太多，明知沒有危險的話，大家連望都懶得望兩個傻瓜一眼。

子駿將 Singing Bowl 拿回家時想起，手上的禮物正正讓他跟西藏、不丹、尼泊爾

和印度的朋友聯繫起來，無論認識的還是不認識的。

來到加德滿都，子駿在半夜乘的士到最熱鬧的街道，入住早已在網上預訂的旅館，這是背包客雲集的城市，廉價旅館林立，隨便選一間都是差不多的。

翌日醒來，才從窗口看看四周環境，看見地震破壞後，街上仍有許多樹，充滿生氣。子駿對樹木的認識有限，不懂分辨哪一株是菩提樹，出外前隨口問旅館職員怎樣分辨樹木，他說：「認葉，菩提樹的葉是心形的。」

「最老的菩提樹在這兒？」

「天然的未能確定，人工培植的在斯里蘭卡，由公元前二八八年活到今日。」

「你怎知道，上網搜尋？」

「我在大學讀植物學，來這兒兼職，順道練習英語會話。」

子駿心想這裏真是臥虎藏龍，隨便一個旅館職員都有專業知識，自己仍在嬉皮笑臉的混日子，稍稍有點自責。

「由這兒徒步到皇宮，你會看見更多樹木，這兒有歷史和新的建築物，地震的破壞力很大，不過，人的適應能力更大，我們很快就重新站起來。」

子駿點點頭，職員隨手拿起一本旅客留下的舊書說：「看過這本書才去皇宮，你會明白更多。」

子駿不喜歡看殘舊的書，但見對方將書遞過來，只好接住，那本書彷彿有一千人看過的殘舊，書名是《From Goddess to Mortal》（《從女神到凡人》）。子駿表示謝意後，連人帶書出外吃午飯。

他在附近的露天餐廳坐下來，看餐牌要了一小壺尼泊爾茶和炒麵，覺得茶非常香濃，問侍應怎煮的，他認真說：「先要煮熱三杯奶，加入丁香、豆蔻、桂皮和糖，這才加入開水和紅茶。」

一小壺濃茶賣幾港元，子駿打算多飲幾家嚐嚐分別，然後學識回家煮給熱愛港式奶茶的父母試試。

吃罷炒麪，他將手上的書放在餐桌上細看，陽光從茂密的心形菩提樹葉間灑下來，微風輕吹，坐在這兒有說不出的舒服，不過，這本書讓他看得精神緊張，深感惆悵。

整本書寫的就是尼泊爾至今保存的活女神傳統，自一七六八年起，庫瑪利女神（Kumari Devi）就成為尼泊爾最重要的活女神。

庫瑪利女神來自種尼爾族種姓家庭，是由眾多女童中挑選出來的。他們的身體沒有傷痕，心理狀態穩定，大多由四歲起做庫瑪利女神，期間不能流血和損傷，足不踏地，衣食住行有人代勞。由於女神不能見血，首次月經的出現，就代表女孩要回到凡塵了。

今日仍有不少前度女神活在民間，大多不能適應凡人生活。有些無法適應人多擠迫的世界，只能獨處。有些結婚生子，但非多數活女神的命運。由於尼泊爾人相信曾任女神的人帶有詛咒，娶她的男人會早逝，所以，只有勇敢的男人才敢愛他們。有個八十五歲的前度女神跟丈夫恩愛七十年，她站出來說事實是沒有詛咒的。

近年的制度改變，以前的活女神是公開姓名的，現在的活女神隱姓埋名，國民不再知道她的名字和家族資料，待她完成女神任務後，可以靜靜回到人間，讓娶她的男人不必再有心理負擔。然而，並非個個男人能夠接受枕邊人曾是全國供奉的活女神啊！

香港人愛用「女神」一詞，或用「娘娘收兵」，但子駿從來沒有遇過一個稱得上為女神的人，一個都沒有。萬一遇上，他反而覺得不安，平凡人不會愛上女神，只會崇拜女神，遇上又如何？英文 My cup of tea 是喜愛的選擇，可以是喜歡的人，很有人間伴侶之意。子駿知道他不要女神，只要自己喜歡的「一杯茶」，如果遇到喜歡的尼泊爾茶也不錯。想到這兒，即使沒有觀眾，他依然覺得自己的想法很聰明，值得自拍這樣的樣子放上網。

阿恩看見子駿的自拍照時，正在機場候機室等上機，這是最無聊的一小時，正好用來上網。

看見子駿自拍的露天餐廳，阿恩有說不出的熟悉感覺，但她從來沒有去過尼泊爾，不可能到過那間餐廳，也許，世上的露天餐廳都是近似的。

到達拉薩機場，空氣沒有想像中稀薄，阿恩很快適應過來。沿途有幾個旅行社職員派傳單，阿恩接下傳單，看看現時的車費和旅遊地方，然後，出機場乘車到市中心去。

她在最熱鬧的八廓街入住旅館，安頓後，外出隨意逛逛，在心中跟思琪說：我們來了。

大昭寺在八廓街中心，無論阿恩從哪個方向走，要走一圈的話，必定經過大昭寺以及安全檢查。

阿恩看見沿街有人雙膝跪下，雙手按地，然後全身俯伏地上叩頭，這是五體投地的磕頭方法，他們的護膝和護掌可用舊布和紙皮自製，或向出家人買現成的。遊客和當地人會給磕頭者零錢，所以，沒有收入的人就算由早到晚磕頭，都不必憂慮兩餐一宿，因為磕頭是功德，給磕頭者布施也是。

阿恩知道有不少西藏人會由故鄉開始以五體投地的方式來到拉薩，也許花幾年時間，吃盡苦頭。他們可以踏足大昭寺和布達拉宮，就覺得一生無憾。

看見這些走兩步就俯伏叩拜一次的人，阿恩在心裏問思琪：一生人這樣度過，是否有意義呢？抑或是他們認知的福氣呢？

漫無目的地閒逛，有點肚餓，看見倉姑寺甜茶館，連忙入去吃飯。甜茶館做當地人生意，價廉物美，甜茶以熱水壺盛載，食客自斟自飲，然後計錢。阿恩吃了餃子小食和湯麪，都覺美味。

坐在對面的女人問她：「一個人？」

阿恩點點頭，只見女人曬得黝黑，衣着普通，看不出是藏民還是內地人，只是看樣子不是遊客。女人見阿恩沒有說話，笑說：「現在的女孩子真是勇敢。」

阿恩一笑，問：「倉姑寺值得去看嗎？」

女人說：「我來過西藏兩次，兩次都去倉姑寺，反而只去過一次布達拉宮。」

阿恩露出疑惑的表情，才知她並非當地居民，想必來旅行很長時間了。女人笑說：「我們廣州人說，不去布達拉宮會深感遺憾，去過布達拉宮就追悔莫及。」

阿恩知道她是廣州人後，轉用廣東話說：「點解？」

「去過你就知，始終會去一次吧。」

「倉姑寺呢？」

「藏傳佛教有幾個派別，有些出家人可以結婚或有情人，藏人稱尼姑為阿尼，西藏有歌謠描述：唯有倉姑寺的尼姑，既有佛法的修行，又過世俗的生活。」

「阿尼都有感情生活。」

「現在的情況就不清楚了，相傳十二世紀有神醫在岩洞修行，十五世紀初建倉姑寺，二十世紀才建成今日面貌。」

「沒料到跟神醫有關。」

「你沒有看見倉姑寺醫館嗎？」女人自問自答：「倉姑寺經費自給自足，除入場票和善信捐款外，還有醫館收診金和藥費，以及這間甜茶館，由阿尼經營，跟其他甜茶館不同，這兒全館禁煙、禁酒和禁賭，茶客以藏人為主，更有小孩和主婦光顧。」

「你倒熟悉。」

「我在拉薩的時候每天都來。」

「我怎樣去古格王朝遺址最方便呢？」

「要去到阿里山區，我是沿途截順風車的，不過，你不會習慣，也有危險，你問旅館或附近的旅行社，可坐四驅車或小巴，豐儉由人。」

「你一個人旅行嗎？」

「嗯。」女人說：「出門幾年，來了西藏幾個月。」

「這樣逗留還算旅行嗎？」

「我當作修行。」女人問：「你為什麼來西藏呢？」

「我有個舊同學想來西藏，她讀考古學的，可惜未及畢業就離開了，我想完成她的心願，代她看她想看的一切。」

「她想看古格遺址？」

「主要是古格，相信她有興趣看其他歷史古蹟，還想找尋人生意義。」

女人突然笑起來，說：「人生意義？我還未找到人生意義，希望你找到答案。」

「旅行不是你的人生意義嗎？」

「我只是逃避而已。」女人苦笑一下，說：「跟你說得太多，我又要逃避了。」

「你沒有跟我說任何你的事情啊！我連你的名字都不知道，只知你是廣州人。」

「你已經知道我的心事。」

「不用為保守秘密殺我滅口吧？」

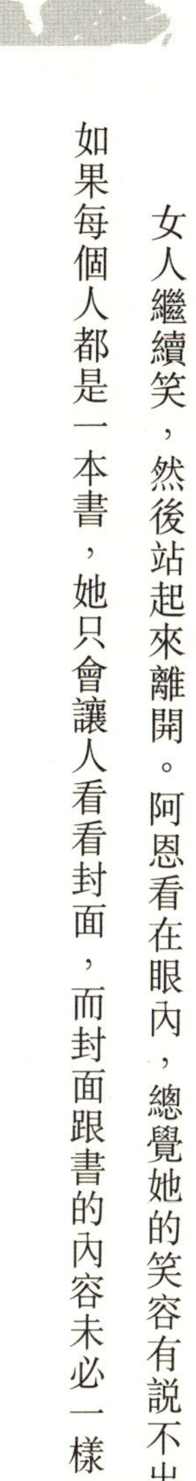

女人繼續笑，然後站起來離開。阿恩看在眼內，總覺她的笑容有說不出的苦楚。如果每個人都是一本書，她只會讓人看看封面，而封面跟書的內容未必一樣。

「有緣再見。」阿恩跟她道別，只見女人頭也不回的走了。

有晚回到旅館，阿恩設立網誌「小魚琪琪在西藏」，開始以小魚琪琪的名字寫西藏見聞，第一篇是她相信思琪一定會第一時間去的西藏博物館：「西藏博物館很年輕，建於一九九九年，花一元人仔乘巴士可直達，免費入場。

館內的史前收藏最好看，後來以中原跟吐蕃交往的文物為主，不少是複製品。字畫倒是真的，包括慈禧太后送的字和畫，讓人看到心術不正的人寫字和畫畫都不會好。

這次看的特別展品是度母唐卡，藏傳佛教最著名的女神為綠度母和白度母，看過展覽才知還有許多稱號的度母，看完都記不清楚度母的名字。

近代史展品讓人看見歷史如何由勝利者書寫，即使證人和證物俱在，博物館仍可展出另一版本圖文。一百年後，還有多少人知道真相呢？

布達拉宮是西藏人心目中的聖地，藏民認為一生人能夠去拉薩一次是幸福的，走到布達拉宮更可洗滌靈魂。

布達拉宮的門票限時一小時，難怪廣州女人說去了會後悔，還要當地導遊帶領。那是松贊干布為娶文成公主時於六四一年所建，可惜毀於火災和戰火。現在所見的布達拉宮於一六四五年由五世達賴喇嘛重建。

到布達拉宮要經多重安全檢查，隨時要拿回鄉卡證明身分。這兒有西藏最高的廁所，那麼多人使用，依然乾淨。

也許宮內遊覽如走馬看花，建築羣比宮內珍藏好看。就算宮中藏有無數珍貴美麗

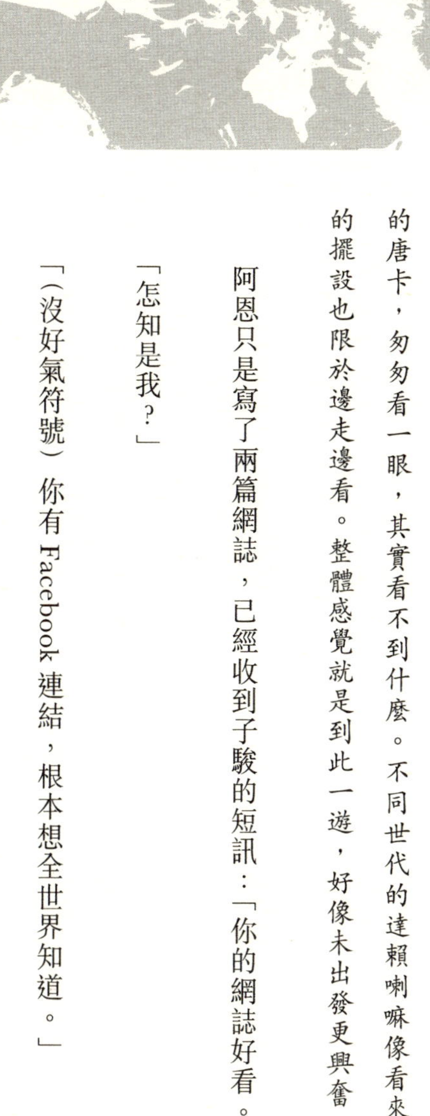

的唐卡，匆匆看一眼，其實看不到什麼。不同世代的達賴喇嘛像看來都差不多，宮中的擺設也限於邊走邊看。整體感覺就是到此一遊，好像未出發更興奮。」

阿恩只是寫了兩篇網誌，已經收到子駿的短訊：「你的網誌好看。」

「怎知是我？」

「（沒好氣符號）你有 Facebook 連結，根本想全世界知道。」

「好看嗎？」

「張思琪會看到的，我順道看了她以前的網誌和 Facebook，可惜看得太遲。」

「你的旅程怎樣？」

「沒有想像中落後，到處有 Wi-Fi。」

「這兒也是。」

「我們可以約在喜瑪拉雅山見面，是西藏和尼泊爾的邊境接壤之處啊。」

「誰要跟你見面，由中一見到現在，還要見？」

「你掛住我的。」

阿恩傳了一串嘔吐符號，然後離線。

看見阿恩傳來的符號，子駿不禁笑起來，即使明知她已離線，依然傳三個哭泣符號。

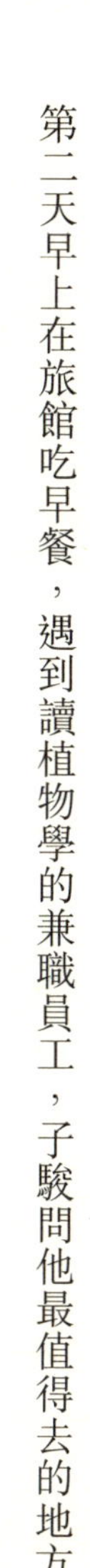

第二天早上在旅館吃早餐，遇到讀植物學的兼職員工，子駿問他最值得去的地方。

他說：「印度教廟 Pashupatinath 的聖河 Bagmati 岸邊有數個火葬位，火葬儀式是公開的，遊客可隨意拍照。」

「火葬有什麼好看？」

「明白死亡，讓我們更理解生存。」

「你副修哲學嗎？」

「這是我的文盲媽媽跟我說的。」

子駿點點頭，依職員所示前往，遠遠看見一列火葬位，有個在燃燒，附近已經沒有人。火葬要焚燒數小時，待一切灰飛煙滅以後，他們會將灰燼撒落河裏，歸於虛無。

這時候，有一家人剛剛前來舉行儀式，子駿站在橋上近距離觀看，四周站滿人，但沒有人說話，沒有人拍照。也許遊客習慣尊重死者，知道這並非適宜拍照。

子駿無意間看見往生者是個青年，因為露出的手臂是年輕的，心酸起來，不欲逗留。拿起手機看時間，發現近乎沒電，才想起昨晚拿手機看了半晚無聊資訊，忘記充電，也忘記帶「尿袋」(充電器)，決定提早返回旅館，不再四處去。

值班的仍是那個大學生，見子駿神情落寞，說：「有些人首次看見這樣的場面，感到難過也是自然的。」

「手機沒電。」他揚一揚手機說。

「手機沒電可以充電，人無呼吸就完了。」

子駿聽得怔住了，人是如此脆弱，生死在呼吸間，沒氣就沒氣，沒得充氣再來一次。

「外國人第一次看火葬，始終有點感慨的。」

「我看見他的手從厚厚的布包露出來，那是年輕男人的手，剎那間想到假如躺在那兒的是我，這一輩子到底做過什麼？」

「如果你是樹葉，我會解答你的問題，樹葉一生就是發芽成長，每天進行光合作用，然後枯黃掉下，落在土地變成大樹的肥料，一生很有用。」

「生物都有生死，人人平等就是這樣。無論貧富貴賤美醜智愚都會成為過去，身外物從來不屬於人的，包括身體。當我們擁有生命，可以思考和活動的時候，我們對人生應有更高的追求。」

「有分別的，窮人不能在你剛才去的加德滿都最重要的印度神廟 Pashupatinath 火葬。二〇〇一年尼泊爾國王和王后全家遭槍殺，十名王室成員就在這兒火葬。」

「二〇〇一年你讀小學沒有？」

「這是人人知道和告訴子女的事，我聽父母講過許多遍，至今還未查出真相。」

「我不知道這件事。」

「你不會留意尼泊爾新聞，正如我們不認識香港。」

「你不說我也不知道那是王室火葬的地方。」

「尼泊爾最低層的賤民不許進入 Pashupatinath，在二〇〇一年，特別准許賤民進入神廟，當年有五十萬人為王室成員送葬。」

「人未死的時候會分社會地位高下……」

職員正想回應，看見有旅客前來辦理入住手續，跟子駿笑笑示意，轉身招呼入住旅客，子駿也回房休息。

子駿準備出外時，交還門匙給工讀生，順道閒聊：「你既要讀書又要工作，一年會有全日休息的假期，什麼都不做嗎？」

「有呀，西曆九月或十月，視乎我們曆法的日期，我們有達善節 Dasain Festival，又名 Durga Puja，為期十五日，由新月慶祝到圓月。我會休息幾日，不讀書也不工作，許多食肆和旅館關門不做生意的。」

「好像我們的農曆新年，在父母的年代，大部分店舖在年初一關門。」

「如果你那時來到，會看見街上行人不多，許多在這兒工作的人都乘長途車回鄉。我的祖母已經八十歲，很少出外買東西，那時都要我的父母陪她去買應節物品。大家都會回家吃飯，三代同堂。最重要的是一家人圍在一起食飯，親友間會互相拜訪，互送祝福，父母會給孩子在額頭點上 Tika，即是眉心的紅點。」

「如果我下次在達善節來到，你會請我食飯嗎？」

工讀生笑起來說：「你來的話，我請，家家戶戶會食羊肉。」

「你來香港的話，我請食飯。」

「好呀。」工讀生淡然回應，那是明知不會實行的對話。

「我認真的，給你手機號碼，還有 Facebook，你來香港前給我短訊就是。」

的工讀生拿出手機，給子駿交友邀請，大家隨即成為 Facebook 朋友，科技讓古人說的「海外存知己，天涯若比鄰」變成事實。

經工讀生推介，子駿乘車到加德滿都的廟 Swayambhunath，意思是自然升起，如荷花在水中升起。地質學家考證該地原是湖泊，廟宇名字很有意思。

山上的猴子不怕人，努力在樹林覓食，一眼看過去，全是瘦長身形，不見有癡肥猴子。子駿以為猴子要食水果，正如漫畫的猴子要食香蕉，這次卻見猴子食樹葉，食得健康活潑。在這一刻，子駿想致電旅館的植物學工讀生，跟他說有些樹葉會被猴子吃掉，有些被蟲吃掉，並非全部可以枯黃掉進泥土，完成樹葉的一生。當然，他同時想起張思琪，她沒有足夠的時間走完一生，彷彿球員未及在球場大顯身手，突然被紅牌趕出場。

離開時，子駿沿石級往下走，看見路旁有兩隻可愛小猴，拿起手機為牠們拍照，

當他專注拍照時，看見一隻小猴飛身撲向他，嚇得他跳後兩步。這樣誇張的跳動逗得四周的人大笑起來，包括附近的小販。原來小猴見他的衣袖有趣，跳過來用手拍他的袖，拍到就走，玩得很開心，難為他被小猴嚇出一額汗。不過，能夠讓一羣陌生人開心大笑，子駿覺得被嚇也是值得。

翌日到內陸機場乘飛機到樸卡拉，由加德滿都飛樸卡拉的內陸機只有二十七個乘客座位，不設劃位，推算其他內陸機的座位數目差不多，想不到機場可以擠滿人。

因天氣欠佳，早上多班機延遲，機場擠滿人，大部分是行山的外國人，少數是回鄉的當地人，迫到像走難。即使子駿身手敏捷，仍踢到幾個坐在地上的人，地上堆滿行山用品，以及一袋袋的薯仔和回鄉禮物，令人寸步難移。

千辛萬苦走到航空公司櫃台，才可寄存行李。拿到登機證，走進候機室後，情況稍好，但完全沒有空椅，要站在一旁等候。

附近有個女人手抱幾個月大女嬰，看見人就笑起來。女嬰眉心點了Tika，眼大鼻高，可愛到不得了，簡直像擠迫地獄的小天使。子駿見她等得不耐煩，正想扁嘴扭計，側側頭逗她，即見她大笑起來，真是美麗景象。

千辛萬苦的擠上飛機後，子駿無所事事的細讀登機證背後文字，才知航空公司賣機票的同時會將小額款項捐給四個機構，包括治療麻瘋病人的，為尼泊爾的病人服務。

子駿覺得麻瘋病人跟他的生活距離很遠，專心望出窗外，很期待起飛，因為可以看見喜馬拉雅山脈。

樸卡拉是世上數一數二適宜玩滑翔傘的地方，旱季時，大部分日子都可飛翔，加上美麗的湖泊和背後的喜馬拉雅山脈，吸引各地遊客參與活動，不少外國滑翔傘教練在這兒逗留謀生。

子駿玩滑翔傘那天有四個飛行教練，有一個是只測風向的。一個保加利亞女人，很冷漠，說話最少，另一個俄羅斯男人，很害羞似的，還有個加拿大人，表現得最老練。帶子駿飛的是俄羅斯人，跟教練一起玩滑翔傘是安全的。

俄羅斯教練的俄腔英語跟子駿的鄉音英語同樣難以聽得清楚，扣好滑翔傘裝備後，像放風箏一樣要助跑，教練叫他向前跑，然後就起飛了。

飛在半空的感覺很舒服，子駿大笑起來，他終於會飛了。教練在背後問風景是否很美麗，他說是，然後問教練從哪兒來尼泊爾，教練說出故鄉的名稱，子駿未聽過。

在半空看農村和湖泊是美麗的，子駿覺得最開心的是看見大鳥在腳下飛過，能夠飛得比大鳥更高，好像可以踏牠一腳般有趣。

子駿想起小魚琪琪有篇網誌談飛翔，如果可以像鳥一樣飛來飛去就好。然後想起

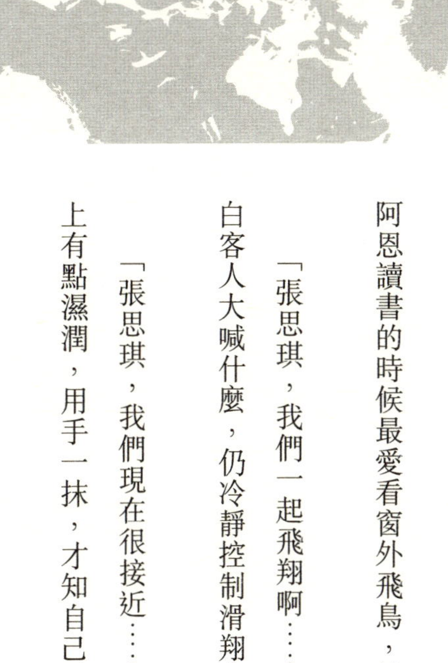

阿恩讀書的時候最愛看窗外飛鳥，她一定喜歡玩滑翔傘的。

「張思琪，我們一起飛翔啊……」子駿突然在空中大喊，嚇了教練一跳。儘管不明白客人大喊什麼，仍冷靜控制滑翔傘，好讓他在天空多飛一會。

「張思琪，我們現在很接近……你在天堂等我呀……」子駿繼續大喊，驀然感到臉上有點濕潤，用手一抹，才知自己淚流披面。

滑翔傘比想像中早降落，快到子駿的眼淚還未乾透。他覺得好玩，但這次飛翔明顯被騙，他花了近一百美元，講明飛行三十分鐘，但不夠十分鐘就降落。子駿雙眼通紅的問教練原因，教練迴避他的目光解釋不夠大風，子駿問：「天空還有許多飛了很久的，風向和風速優待他們嗎？」

教練沒有說話便走開，子駿沒有追問，只見幾個教練聚在一起抽煙，煙味隨風向

吹來，明顯混集特別的大麻味道，在香港是違法吸服，在荷蘭合法，在尼泊爾就近乎公開，也不知是否合法。

子駿等車回市區的時候，不禁希望人生有花不完的時間，可以在樸卡拉住一個月，考個滑翔傘教練牌，然後隨四季到不同國家工作。

想個人飛翔的話，可參與幾日課程，至於幾多日，也許要看資質。學會控制滑翔傘都有證書的，可到全球有滑翔傘的地方獨自玩滑翔傘，不用教練在背後控制巨傘。沒有證書的話，就算有錢「玩命」，都不能獨自飛翔的。

考到教練牌的話，可像候鳥一樣到世界各地的滑翔傘公司「掛單」，賺遊客錢。做滑翔傘教練可說是處處無家處處家，樸卡拉最適宜玩滑翔傘的是十一月、十二月和一月，頂多加上十月和二月的部分日子，其餘時間，滑翔傘教練就無事可做，要到其他地方工作和生活了。

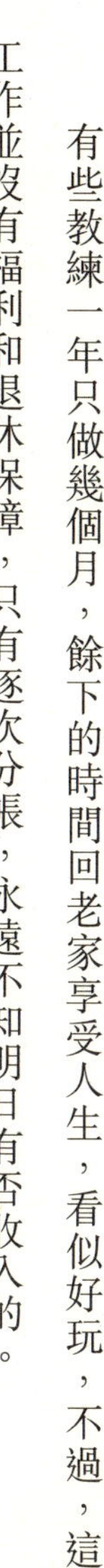

有些教練一年只做幾個月，餘下的時間回老家享受人生，看似好玩，不過，這類工作並沒有福利和退休保障，只有逐次分帳，永遠不知明日有否收入的。

可以做一段日子滑翔傘教練，是人生的奢侈選擇，不過，子駿奢侈不來，這樣做太自私，對不起仍要工作掙錢養家的父親。

離境那天，子駿接連乘搭兩程機到印度去。早上由樸卡拉乘八時許的內陸機返回加德滿都，一早起牀見天色欠佳，想起去程要在機場逗留，不覺有點擔心。要是這班機停飛，就不能如期到印度。

旅行經驗愈多，子駿愈明白人生不似預期，幸好天氣再差，依然可以起飛，只是在機艙看見的喜馬拉雅山沒有去程的壯觀。

到達加德滿都後，子駿到王宮閒逛一會，整天暴雨，即使穿上雨衣都會濕透那種

暴雨。在餐廳吃飯的時候上網，才知因為天氣漸趨惡劣，他乘搭的內陸機離開樸卡拉後，全國的內陸機都一一取消，可以如期到印度去，想來真是幸運。

明知當地人的效率和電腦運作俱慢，子駿很早到達機場，任由當地人慢慢做。雖然工作人員慢條斯理工作，但見大部分人笑容滿臉，連為旅客出境蓋章的關員都笑容親切，子駿想不到又做了一件爆笑的事。

出境過關時，他給關員遞上護照，關員接過後，放下他的護照，再伸出右手，子駿隨即跟他握手。握手後，關員再伸出右手，沒好氣地說：「登機證！」

在他後面排隊的人看見這一幕都忍不住笑出來，子駿都笑起來，只有關員沒有笑，認真蓋章後，將護照交還旅客，連忙縮手，生怕子駿要再跟他握手似的。

看見子駿在社交網絡寫的離境趣事，阿恩忍不住笑起來，覺得子駿的尼泊爾旅程很有意思，留言祝福他在印度玩得開心。

獨自在房裏沉思，阿恩感到軟弱。手機訊息閃動不停，「彩虹五貓」羣組從未停止閒聊似的。然而，阿恩感到阿雪、美琪、婷婷和小敏很遙遠，張思琪反而變得接近，那是心靈溝通的接近，她理解思琪的孤獨和無助。當全世界繽紛熱鬧的時候，她要獨自面對死亡。當人人高喊正能量的時候，她連能量都快要耗盡。當個個要笑對人生的時候，她連在人前哭泣都不敢。過於光明的口號並不能照亮黑暗，只會令黑暗變得更深沉。

第二日，旅館老闆告訴阿恩，這事頗為順利，應她的要求，幫她集合三個單獨來西藏的遊人，兩女一男，一起夾錢乘四驅車去阿里，全程十多日。

阿恩深深吸一口氣，連同司機跟四個陌生人一起十多日，真是從未遇過的挑戰，阿恩跟旅館老闆確認出發日期後，付了車資。老闆問她可有興趣看《文成公主》音樂

劇，戶外演出，有車接送，可以順道跟其中一個同行的先熟絡一下。阿恩再付錢，每次付款都覺得掙錢很難，花錢容易。

在大堂一起等候去看演出的是個滿面風霜的女人，阿恩跟她一起乘計程車到演出場地，大家都沒有說話，連自我介紹都沒有。

入場時，內地人要出示身分證核對，香港人不用，阿恩知道對方是內地人，僅此而已。

阿恩有過目不忘的記憶力，公開試成績優異，她將歷史當作故事書來看。她覺得歷史很奇妙，有時是同代人才輩出，如春秋諸子百家爭鳴；有時是同代盛世，如唐太宗貞觀之治的同期，松贊干布治下的吐蕃均盛極一時，由吐蕃時期到今日西藏，最重要的建築物都是松贊干布所建的。

松贊干布迎娶大唐文成公主，收到豐厚嫁妝，包括十二歲等身的釋迦牟尼像。然後，他再娶尼泊爾公主，尼泊爾公主帶同八歲等身的釋迦牟尼像來到吐蕃，一時間，吐蕃擁有兩尊佛教最重要的佛像。

釋迦牟尼反對立像和建寺廟，這是所有文獻可以證明的。相傳他死前願意留下三尊依真身塑造的像，分別為八歲、十二歲和二十五歲的。在《文成公主》音樂劇中有運送十二歲佛像的場景，文成公主最珍貴的嫁妝就是這尊佛像，松贊干布為佛像興建大昭寺。大昭寺參觀門票背後遊覽圖介紹的「大昭寺鎮寺之寶覺悟釋迦牟尼主殿」，就是供奉十二歲等身佛像。

阿恩經常在自己的思想世界漫遊，冷不防被鄰座女人推了一下，才聽到她說：「我問你叫什麼名字，為什麼不答我？」

「阿恩，你可以喚我阿恩。」阿恩以普通話回答。

「聽你的普通話就知你是香港來的，你可以稱我陳太，我先生姓陳。」

「嗯。」阿恩漫應道。心想，陳太的先生當然姓陳，難道要問貴姓呀陳生陳太。

「你未結婚？」

阿恩覺得她沒有禮貌，對沒有禮貌的人不必講禮貌，只管微微一笑，專注望向舞台，不再理會她，希望其餘兩個同行者跟她不一樣。

「老闆推薦《文成公主》，說是藏文化大型史詩劇，一看舞台就知道不及我在張家界看的特別。」陳太說。

這是戶外實景演出，票價由三百八十元到過千元人民幣不等，每場可容納逾四千觀眾。阿恩環顧場館，沒有理會陳太的說話，幸好很快開場。

開始是唐太宗接受松贊干布的使者求親，佈景是大唐盛世。由第二場開始是文成公主的旅程，最後是松贊干布為文成公主興建布達拉宮，所以，舞台上就有整座美麗的布達拉宮。

好像小時候看北京奧運的千人操，阿恩只覺數以百計的舞蹈員跳得整齊漂亮。舞台大到可以有大批牛、羊和馬同台演出，還有藏獒和北京狗等，整體演出頗為有趣。

由於故事單薄，起承轉合不多，只以主線貫穿全劇，不時重複唱：「天下沒有遠方，人間都是故鄉」，文成公主就由開始的思鄉，慢慢變成安於在西藏過日子，跟愛人一起的地方就是故鄉。

戶外演出的座位大多是露天的，天空的月亮和星星閃耀，景色怡人。為配合文成公主途中遇上風雪的效果，全場灑人造雪雨，灑極不停，大家要打傘遮擋，陳太沒有帶雨傘，不斷呢喃看音樂劇沒想過濕身。阿恩只覺有趣，任由雪雨灑在身上。

他們的座位前幾行原本沒有人，後來有幾個大叔走來坐，還要站起來用手機錄影和拍照，經常遮住文成公主和她的隨從，走位的觀眾倒看得很開心。

結尾一場，松贊干布、文成公主和唐太宗都一起出來合唱，這時候，台上已有一大羣觀眾走上去跟主角合照，連舞台四周的演員都有觀眾拉他們合照，還有一個接一個拍個不停，好像每個觀眾都要拍一張。

「走吧。」陳太說。

阿恩跟她一起出外等車接回旅館，陳太問：「餓嗎？」

「不餓。」阿恩說。

「陪我吃點東西好嗎？」

「我想早點回旅館休息，明天開始行程。」

「問兩句答一句，我起初以為你是啞巴。」

阿恩覺得她像舊公司的莎莎姐，輕笑說：「普通話不靈光而已。」

準備起程時，阿恩才見到另外一男一女，兩個都是年輕人，還有壯年的司機，大家將行李放到四驅車後面，然後上車。

陳太說：「我要坐後面，你們喜歡怎樣坐都可以。」

男人說：「我們三個每天轉位，這樣比較公平。」

阿恩先坐司機旁的座位，三個內地人坐後面。由拉薩到林芝要數小時，司機一開車就播歌，大家在沉默中展開旅程。

離開拉薩約一小時車程，後座傳來一男一女對話。

「你知道我們去全國空氣最好的地方嗎？」男聲自問自答：「這宗新聞是我跟的，環境保護部公布的數據顯示，三百三十八個地級以上城市空氣品質達標率在 19.2% 至 100%，全年達標的只有四川省阿壩州瑪律康縣、雲南省麗江市及香格里拉市、新疆塔城、西藏的阿里及林芝市。」

「我們會去阿里和林芝啊。」女聲聽來帶點喜悅。

「林芝的藏語的意思是太陽的寶庫。」男聲說。

「林芝的空氣品質是 100% 嗎？」女聲問。

「最好的級別，大家要吸多幾口。」男聲說，頓了頓，再說：「未介紹，我是保羅。」

女聲說中文名：「英英。」

「我是陳太，我先生姓陳。」

阿恩連忙望向後座說：「我是阿恩，希望大家旅途愉快。」

「你是香港人？」英英問。

「嗯，普通話很爛，一聽就知道。」

「不，不，你的普通話很好，我們見你衣着前衛，一看就知道。」英英說。

「不用上班或上學嗎？」保羅問。

「先前辭職想再讀書，還未決定到哪兒讀書。」

「香港人真是幸福啊，我是下崗呀！」英英說。

「賠得夠嗎？」陳太問。

「沒有，酒店突然倒閉，沒有賠足。」

「近年工廠和酒店一間接一間的關門，付足薪金已經算是好僱主了。」保羅說。

「你也下崗吧？這樣清閒出來旅遊。」陳太說。

「還在工作，原先做記者，現在轉為旅遊記者，跟出版社簽了約出書。」保羅說。

大家又轉為沉默，車廂響起《喜歡你》的音樂，阿恩感到異常親切，沒料到是女歌手以藏語唱出。阿恩靜心細聽，覺得另有一種味道，播完這首歌，阿恩才說：「我以為是 Beyond。」

「歌手是藏族少女邊巴德吉，生於西藏戲劇世家，大學時期跟同學組成西藏首隊女子搖滾樂隊。喜歡唱 Beyond 的歌是因為喜歡 Beyond，以廣東話唱他們的歌。」保羅說。

「我都上網看過，起初回響不大，她後來才改以母語演繹，在西藏大學飯堂唱藏語《喜歡你》，正在吃飯的學生都呆上半天，有學生用手機攝錄，她就憑這首歌在網絡爆紅。」

「你們有聽 Beyond 和家駒的歌？」

「有啊，起初是爸爸愛聽，後來到我喜歡聽。」英英說。

「他很有才華。」保羅說。

「有才華又怎樣，那麼短命。」陳太說。

全車靜下來，直至去到第一個景點世界柏樹王園林，四人買票入場後，分開閒逛。

林芝有許多千年柏樹，數十株高聳入雲，壯觀美麗，阿恩深深吸一口氣，她知道這兒有最好的空氣、水質和土壤。不少松鼠視柏樹為老家，遊人可輕易拍攝松鼠的可愛模樣。

園內有大石寫明二〇一五年六月測定五十米的柏樹王為三千二百三十三歲。阿恩想起張思琪連二十一歲的成年生日也無法度過，三千多年跟二十年的生命相比，後者短暫得令人歎息。

西藏人自古愛在石上刻字或繪圖，稱為瑪尼石。柏樹王園林的瑪尼石頗特別，起初看見大石寫上「藏緣」，想到柏樹王活在西藏是緣分，當地人稱柏樹王為神木。然而，看清楚才知是「藏綠」，還有木牌寫「藏綠疊翠」。另一大石看起來像是寫草書「綠」，三塊石放在一起是「綠是福」，重看一遍，才知是「緣是福」。

「春天時，林芝桃花遍野，許多人為賞桃花而來。」英英經過阿恩身旁時隨口說。

「真是美麗的地方。」

「對，這兒的空氣跟東莞的相差太遠。」

「要好好呼吸啊！」

「每一分每一秒都要好好呼吸，不呼吸會死呀。」英英笑說。

阿恩的神情凝重起來，不知道張思琪在最後的歲月呼吸得可辛苦？她要代替思琪多吸幾口清新空氣，這是小魚琪琪的旅程，他們一起走過的。

晚飯時候，司機帶他們去食肆吃飯，那是四川人開的，吃的都是川菜，保羅要了一支青稞酒，隨口問可有人要飲。

「我未肯定能否適應高原環境，暫時不飲酒，最後留在拉薩的幾日，才盡情飲兩杯。」英英說。

「我要駕車，不飲酒的。」司機說。

「司機不飲酒真好。」阿恩隨口讚一句。

「我們稱師傅，叫人司機好無禮貌，你有沒有家教的你？」陳太說。

阿恩一怔，心下生氣，但沒有跟她計較。阿恩相信稱呼職業司機為司機並無不妥，司機聽到也不介意，陳太何必急於教訓人呢？

保羅見氣氛尷尬，找話題說：「青稞是高原的主要糧食，家家戶戶都懂得自製青稞酒，無論過年過節、結婚生仔還是親友飯聚，青稞酒總是不可或缺的。」

「我家都釀青稞酒的，喜馬拉雅山脈的水清甜美味，製成青稞酒當然香醇，青稞酒不上頭、不口乾和醒酒快，你們回到拉薩可試試。」

阿恩想起一個爛笑話，跟大家說：「美國的合法結婚年齡是十八歲，合法在公開場合飲酒的年齡是二十一歲。十八歲在美國結婚的話，不能在自己的婚宴中飲酒。」

除陳太外，其餘三個都笑得前仰後合。阿恩在他們的笑聲中想起思琪，不知她曾否飲酒，想到這兒，跟保羅說：「我想飲一小杯試試。」

保羅為她斟酒，阿恩一飲而盡，笑說：「好酒。」

司機說：「下次來西藏，我給你們飲自家泡浸的青稞酒。」

「好啊。」三人齊聲說，只有陳太表情鄙夷，看不起廉價的青稞酒似的。

為了節省旅費，阿恩和英英住一間雙人房，她半躺在牀上用平板電腦寫網誌，記下小魚琪琪在拉薩的見聞：

「大昭寺建於六四七年，不屬於任何教派，整座寺院集唐代木建築、藏族傳統建築以及尼泊爾建築特色於一身，經過歷代修建，才變成今日的面貌。幸好在文革期間沒被拆毀燒掉，現為藏傳佛教最神聖的寺廟。

跟遠遠可見的布達拉宮不同，大昭寺大隱隱於城，坐落於八廓街中央，也就是拉薩最繁盛的地區中心，隨時逛街可到，不必專程前往。

全世界的古蹟文物都要保養維修，經營不易，除入場費外，出售商品也是重要的收入來源，所以，我很樂意在參觀博物館和宗教建築物後，走到小賣部購物的。

布達拉宮小賣部有幾本寫明西藏布達拉宮管理處編的畫冊，我購買《密集金剛乘本尊——無量宮殿》，以藏文、英文和中文三種文字一起印刷，幸好圖多字少，印齊三種文字也不太浪費紙張。那是由布達拉宮三百多年來收藏的唐卡之中選了一批印出來，每一幅唐卡都是藝術品。定價二百多元人民幣，賣得貴，不過，樂意購買。

大昭寺的小賣部有許多手鏈和佛珠，人多擠迫，匆忙間買一條紫晶手鏈，大叔說已經加持（如漢人所說的開光），還有大昭寺的木盒，精美漂亮，售價跟上述畫冊差不多。

戴上紫晶手鏈，發現紫晶甩色，手腕染上紫色。用水浸一晚，浸過後，整串紫晶真的掉色，好像八廓街賣十元的染色晶石，不願相信大昭寺賣假貨。可惜，我確實買了甩色紫晶。」

「寫日記嗎？」英英睡前問。

「寫網誌。」

「讓我看看。」

阿恩在英英的手機打了網誌地址，她連忙細讀，說：「許多繁體字看不明白，幹嘛不用簡體字，可以寫文章讓十三億人震驚啊！」

阿恩沒料到英英有些幽默感，笑說：「我寫大昭寺賣假貨，我怕令人覺得我欠揍。」

「世上的假貨比真貨多吧！」

「也不一定，有些國家不會賣假貨的，尤其在國寶級的古蹟不會賣假貨。」

「不說了，明天要早起，睡吧。」

第二天到魯朗吃石鍋雞，阿恩看見全新的小屋，不禁有點疑惑，坐下吃石鍋雞時，保羅不經意說：「政府要村民搬走，興建度假屋給遊客住。」

「千里迢迢來到看假的主題公園嗎？」阿恩問。

「你說得貼切，這個世界很難有真的東西，你以後買十元八塊的手信好了，被騙也不心疼。」英英說。

「誰被騙？你被騙嗎？」陳太說。

大家圍坐圓桌吃飯，無處可逃，阿恩只好說出在大昭寺買假紫晶一事，陳太誇張道：「真假水晶都分不出就別買，被騙是活該。」

「香港人會信任賣方，大昭寺是西藏最重要的寺院，我沒有想過要檢驗。」

英英說：「那是被信任的人出賣的感覺，跟被騙多少錢無關吧。」

「嗯。」阿恩以感激的眼神望向英英。

「別買貴東西倒是真的。」保羅打圓場道。

石鍋雞比想像中美味，保羅說：「美食解千愁，不過，現在要吃安全美食也不容易。」

「今次旅程，你最想去哪兒？」英英望向阿恩問。

「古格遺址，你呢？」

「珠峰啊！」英英說：「去珠峰看星，一生無憾。」

「沒有那麼誇張，不過，我兩處都想去。」保羅說。

大家上車後，保羅問司機行程，司機說：「雍布拉康。」

當阿恩站在雍布拉康環顧四周，驀然明白子駿寫的空中感覺，那麼接近天空，如果四周沒有人，她想向天空大喊：「張思琪，你好嗎？」

無論中外，不少古代宮殿建於山上，以天險之利自保。敵人很難攻上山，只能截斷水源和運送糧食物資的路，在山下圍城等候。

古格王國原有天險可守，但相傳一夜滅亡，成為考古之謎。傳說國王兄弟鬩牆，王弟勾結敵軍攻城，敵軍來到山下，才知山中有通道運送水源食物上山，無法阻截。敵軍只有殘殺山下的百姓，要國王投降。國王不忍心，帶同貴重物品投降，隨即被殺。賣國的王弟失去利用價值，跟其他人一同被殺，古格覆亡。

阿恩在雍布拉康更能理解古格王國的地利，要是沒有王弟裏應外合的毀滅國家，說不定古格可以繁榮下去。

「雍布拉康是西藏史上第一座王宮，約建於公元前二世紀，直至遷都拉薩，王宮才變成夏宮。」保羅走到阿恩身旁，導遊似的講解歷史：「雍布拉康在山上，守衛能夠看清楚四周遠近情況，敵人根本無可能攻上去。所以，雍布拉康只毀於歲月風霜的侵蝕，二千多年後仍有部分古建築屹立山上，重修的佛殿更可觀。」

阿恩點點頭，專心看遠處的風景。陳太這時才走到上去，氣喘如牛的跟保羅說上

山辛苦，阿恩走到另一邊看看，王宮位於山頂，可以三百六十度的看清楚整個城市。

落山後，大夥兒到昌珠寺看「珍珠觀音菩薩憩室圖」，這是最昂貴的唐卡，長2米，寬1.2米，鑲嵌珍珠29,026顆，還有鑽石、紅寶石、藍寶石、紫寶石、綠松石、黃金、珊瑚和各種寶石等貴重物料，價值連城。

阿恩最喜歡的並非珠寶，而是觀音的微笑，無論從哪個角度去看，觀音都好像只跟我笑，一如觀賞名畫「蒙羅麗莎」。走來走去從不同角度反復細看唐卡多次，總是看見觀音對觀賞者微笑，感覺愉快，真是無價寶。

她站在那兒，看見陳太在笑。想起見面以來，陳太都讓人感到煩厭，不過，如果從不同角度去看同一個人，也許可以看見溫柔美好的一面。然而，人總是沒有耐性的，遇見某些人根本不願看一眼，更加不可能反復細看。

想像攀登珠穆朗瑪峰大本營是浪漫的，現實卻只有繁瑣手續。香港人去西藏珠峰必須辦邊境證，可交由師傅（司機）代辦，必須四人或以上同行，辦證費每人一百元（人民幣，下同）。其他同行的是內地人，師傅一次過代辦手續，將大家的證件影印，沿途遞給公安，有時要落車過關，跟揹個大背囊攀山是兩回事。

阿恩為一圓張思琪登上珠峰的夢想到西藏，入住的大本營的帳篷可供六人睡覺，每人七十元，四百二十元可包帳篷，他們一行五人就這樣住下來。

能夠站在大本營，阿恩感到異常高興，當他們乘搭環保車上到這次旅程的最高點時，風勢非常強勁，好像可以將人吹落山似的。阿恩走到最空曠的地方，向八千四百多米的珠峰大喊：「張思琪，我們來到了！」

珠峰大本營的黃昏很美麗，站在五千多米的山上，根本不會看見太陽落山，只會看見黃昏的魔幻色彩，那樣的美麗足以讓人忘掉人生的苦惱，生命的瑰麗值得讓人走這一趟。

回到帳篷吃飯和休息，店主提供炒飯和炒麵，她是住在山下的藏民，每年有幾個月上大本營經營帳篷食宿生意，話不多，除了必須溝通的幾句話外，沒有多餘的說話。

吃罷晚飯，英英要阿恩陪她四處逛，那兒有全球最高的郵局，他們看明信片，閒談旅途遇到的事情。英英在酒店工作，主要是在接待處，有時兼做客戶服務工作，懂得在適當時候說適當的話，阿恩樂意跟她閒聊，那是聊足幾日都不會談到私人事情的。

小睡一會後，大家在半夜都走出帳篷外看星，只見月色明亮，星星同樣明亮，抬頭就看見銀河系，站在那兒有如置身星河。阿恩想起跟阿雪在日本山上遇見的事，如果那次意外死了，這刻就看不見如此神奇的景象。

杜甫詩云：「人生不相見，動如參與商。」相傳參和商是世上最遙遠的星，永世

不會相遇。阿恩想起「彩虹五貓」，遇上四個好朋友真是幸運。隨即想起張思琪，大家在同一環境讀書幾年，不能說沒緣，只是大家仍然遠如參商，各自在軌道上運行，沒有交匯點。

第四章　冬日・重生

「有一天，我在『垂死病人之家』服務，義工將一個在火車站露宿的男人帶回來，他的身體發臭，那是肉體腐爛的臭味，那是腐屍才會發出的氣味，而那個人還未死的。那一刻，我想起張思琪，同時想起你。」

「因為張思琪，我們從未如此接近。」

「修女在醫護室為他洗傷口，洗了很久。我幫手按住男人的身體，以免他掙扎弄傷自己。由於太接近，我看見他的傷口已有蛆蟲，有個傷口由臉頰穿洞到下顎，坦白說，剎那間，我感到害怕，怎可能有人要承受這樣的苦難？」

「張思琪看許多神學的書籍，我借閱她的書，有本書的作者引用《聖經》文字，沒有記錯的話，那一句是人承受的苦難不會多於人所能承受的。看了那本書，彷彿明白思琪獨自承受苦難的徬徨和寂寞。」

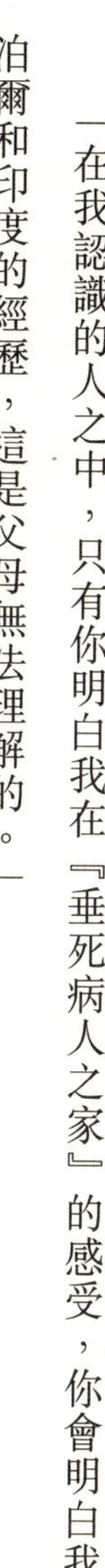

「在我認識的人之中，只有你明白我在『垂死病人之家』的感受，你會明白我在尼泊爾和印度的經歷，這是父母無法理解的。」

「你是我認識的人之中最幸運的，幸運到你不知道自己幸運。」

「我讀書不及你和阿雪，玩體操又不成，唱歌不成，簡直一無是處，我的爛笑話沒有多少人會笑。」

「張思琪最喜歡聽你的笑話，你記得你的玉墜爛笑話嗎？你說送人玉墜，實際送你的肉嘴香吻，我們已經不會笑，只有張思琪聽一遍笑一遍，她要媽媽給她買玉墜，跟你說的家傳之寶近似，她一直戴在身上，直至離開。」

「你怎知道？」

「她間中放照片上Facebook，胸口的玉墜跟你的一樣。」

「這不算幸運，她沒有告訴我。」

「你幸運在一切唾手可得，你有愛護你的父母，有摯友國鏗，有我們一班同學的友誼，有四處去的自由，當我們為升學和就業煩惱時，你去歐洲一年，你整天輕鬆自在說說笑笑，比天空的飛鳥更自由。」

「我有傷感的時候，沒有發通告宣傳，大家不知道我情緒低落。」

「如果你知道張思琪留意你，你會怎樣？」

「不知道。如果知道她有病，可能像電視電影那樣，無論是否愛她都會盡力讓她快樂。」

「這是她不讓人知道的原因吧？沒有人喜歡接受別人的同情，尤其是像思琪那樣有主見的女孩。」

「我們都覺得你幸運，不用讀書就考第一，喜歡工作就工作，當大家要還讀書借貸時，你已經掙了一大筆錢，幾乎二十歲就可以退休。」

「別誇張，打短訊不忘爛笑話。我不開心的時候，也許比地球上大部分人更多。」

「可以稱為『少年不識愁滋味，為賦新詞強說愁』呀，我有讀書的，這兩句詩我識背識解。」

「我在古格遺址想起大家，記得讀中史讀到唐代李世民殺死兄弟奪取王位，才知兄弟鬩牆的意思是手足相殘嗎？」

「唐太宗要殺死兄弟奪位那段，好血腥，適合你的重口味。」

「我在思琪的網誌寫過，現在轉貼給你看看：約一千年前，西藏古格王朝盛極一時，尊崇藏傳佛教，遺下不少珍貴的唐卡和壁畫，然而，古格近乎在一夜之間消失，至今仍是歷史懸案。看過書籍和電視講解古格王朝，同樣提到沒有文字記錄，考古學家研究多時，發現遺址有個面具用外文紙張製造，幾經考證，確認是《聖經》，再從葡萄牙傳教士寫在日記的幾句話，推斷國王和王弟不和，兄弟鬩牆才令古格滅亡。兩名葡萄牙傳教士在一六二六年到古格傳教，看見藏傳佛教僧侶眾多，宗教領袖是國王的弟弟，勢力龐大。國王禮待傳教士，希望以西方宗教削減王弟的影響力，豈料引致僧侶叛變，王弟秘密聯絡拉達克軍隊攻城，企圖裏應外合，推翻國王，自己做皇帝。傳教士在日記寫下國王兄弟關係欠佳，對國家有很壞的影響。如果沒有古格王弟接應，拉達克軍隊不可能攻陷古格。相傳國王不忍見軍人濫殺平民，不戰而降，即時被殺。他的王弟接洽『盟友』，也隨即被殺，擁有七百年歷史的古格王朝就亡在這兩兄弟手

裏。出賣城市的，往往是城裏的人。」

「真相就是這樣？」

「石頭不會說出真相，我站在那兒只覺天地蒼茫，有種說不出的悲哀蒼涼，在心裏跟思琪說，我們已經來到，她可以了斷一件心願。」

「人來，同朕 check 下有冇其他版本！」

「皇上，考古上有不同版本，外文《聖經》是關鍵。」

「你的幽默感也不低。」

「愈聰明的人愈富幽默感，我認我有的。」

「一個人旅行，可覺寂寞？」

「我跟張思琪一起旅行，沿途看她的書，為她寫網誌，況且，不斷認識到新朋友，這次同行的有英英和保羅。」

「我都認識到不少新朋友，但我在旅途想跟人閒聊時，我總是想起你。」

「因為我和你知道張思琪一家的秘密，我們都為她踏上旅途。」

「出來見面好嗎？我有許多事情想跟你說，不想在手機打字了。」

「不要見面，在這情況下，我們會誤會那是愛情，但我們之間是友情，一直以來的了解是因為張思琪。」

「你別分析好嗎？相信自己的內心，相信直覺。」

「不是。當我在西藏看天葬的時候，我想起從小遇過的人，熟悉的和不熟悉的。當我想到『彩虹五貓』有天會老去和死亡，那刻難過得不得了。然而，我為什麼要為必然出現的死亡難過呢？由於尊重死者，遊客只是遠遠看見帳篷和等食的蒼鷲，還有天葬師拿刀走入帳篷，然後出來換刀，來回幾次以後，蒼鷲就飛過去食腐肉。四周瀰漫強烈的屍臭味，世上最漂亮的人到這個階段，都是一堆血肉而已。」

「既然這樣，我們更加要及時去愛。」

「你無緣無故幹嗎愛我？我們是朋友，友情更長久。」

「我在澳洲醫院醒來的時候，護士跟我說做人不用太聰明，阿恩，聰明反被聰明誤，別讓幸福溜走。」

「屬於我的幸福不會溜走，會溜走的從來不屬於我的。」

「你知道『垂死病人之家』有人一住就大半生嗎？他們可能精神異常，可能身體衰退，離開的話無處可去，所以長期留在那兒，直至死去，一輩子就這樣過去。」

「我們十二歲就認識，由中一到現在，我覺得我們像兄弟姊妹一樣，除了父母，你們是我認識最久的人，跟你談情好像亂倫。」

「你這個笑話比我的更爛，我有個小學同學最近跟鄰居結婚，他們三歲的時候認識，打算一起活到一百零三歲，對足一百年。」

「我在西藏認識的兩個內地人都喜愛讀書，保羅愛看海明威，海明威說過年輕時曾在巴黎生活是幸運的，那是流動的盛宴。」

「我在巴黎逗留的時候也很年輕。」

「我看過他的《老人與海》，正好跟保羅聊幾句，保羅説海明威年輕時太好運，卻在中年全部走下坡，好像提早花光一生的好運，最終自殺，跟他筆下的角色完全不同。」

「我沒有看過海明威，資優生不會明白我這類平庸學生的不幸。」

「以香港人平均壽命計算，我們還有六十年。一個人明知距離死亡有六十年時間，跟一個自知六日後會死的人，看待明天的態度可有分別呢？這是我在旅程中經常思考的事。」

「我在尼泊爾聖河看過火葬，窮人是不能火葬的，甚至不能走在附近。當皇室屠殺案發生以後，多名皇室成員在那兒舉行火葬，窮人才獲准進內一天。我站在那兒想到，我寧願做只能入內看皇帝一家火葬的窮人，都不願做享盡富貴榮華但死得不明不白的屍體。」

「要是人生餘下六日，我會盡情愛你五天，但我們的人生可能還有六十年，我不想分手後碰面尷尬。」

「資優生的想法真是離地，還未一起就想到分手，好像未食飯就考慮附近可有廁所。想得太多的人，很難感到快樂的。」

「也許不易快樂，但犯錯的或然率極低。」

「愛情是沒有計算的。」

「我們的心中都有張思琪，所以，大家的想法接近起來。要是六個月後，你的想法沒變，你再跟我說同一番話也不遲。」

「爸爸小時候喜歡阿里，那個年代，香港人稱他『牙擦拳王阿里』。爸爸說牙擦是

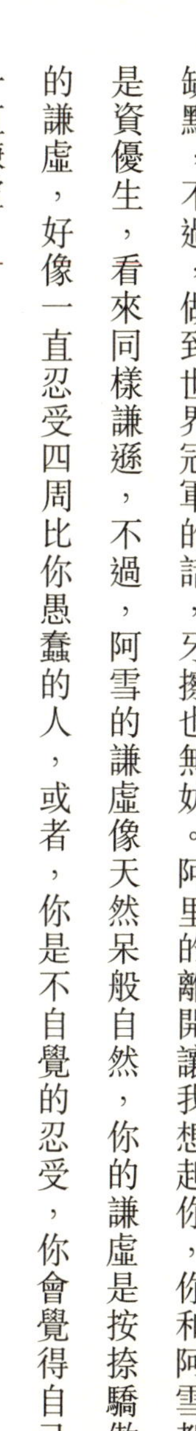

缺點，不過，做到世界冠軍的話，牙擦也無妨。阿里的離開讓我想起你，你和阿雪都是資優生，看來同樣謙遜，不過，阿雪的謙虛像天然呆般自然，你的謙虛是按捺驕傲的謙虛，好像一直忍受四周比你愚蠢的人，或者，你是不自覺的忍受，你會覺得自己一直謙虛。」

「我沒有刻意忍受或刻意謙虛，只是覺得人生有說不出的沉悶。」

「你這樣要什麼有什麼，想做什麼就做什麼的資優生說人生沉悶，像我這樣平庸的人，大概要趁早摵頭埋牆。」

「站在珠峰大本營的時候，我想到那是我這輩子最接近天空的位置，感覺依然平靜，如果是張思琪，跟我的感覺肯定不同。我以為自己代替她走遍她想去的地方，實際是我因為她而去了許多我原本不打算去的地方，已經變了不一樣的人。」

「你可以講得淺白一點嗎？我在印度時，我想起男女有別，印度仍是性別歧視嚴重的地方。張思琪一個人去印度的話，跟我看見的不會相似，起碼我可以夜晚四處逛，她不能像我那樣自由，街上的印度男人對單身女遊人特別好奇，會走上去跟她說話的。」

「那樣的歧視就像阿里年輕時的美國，已經沒有法律歧視黑人，但歧視依然存在。」

「我在旅途經常想起你，想起你的次數遠比想起張思琪多。張思琪已經變成一個名字和符號，我不知道她十八歲後的樣子，只知道你的。你的樣貌、身影經常在我的腦海出現，我是這樣想念你的。」

「你有沒有羨慕小敏那麼富有？」

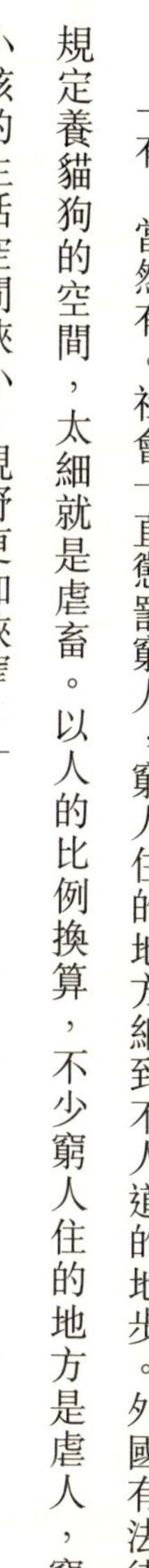

「有，當然有。社會一直懲罰窮人，窮人住的地方細到不人道的地步。外國有法律規定養貓狗的空間，太細就是虐畜。以人的比例換算，不少窮人住的地方是虐人，窮小孩的生活空間狹小，視野更加狹窄。」

「以前我會羨慕小敏家裏富有，走過西藏以後，發現人一生並不需要太多錢。在甜茶館坐半日，幾毛一杯甜茶，兩三元一碗麪，花費不多，就可以跟三五知己暢談吃喝，那種愉快是有錢買不到的。」

「全世界都有宗教，好像只有華人才拜財神。不過，我寧願窮得只剩下錢，都不願做赤貧的人，在印度和尼泊爾見得太多人窮得沒有尊嚴，好像路邊瀕死的老鼠一樣，看過就會為人類難過，竟然可以歧視和冷待同類。」

「拉薩扎基寺是唯一的財神寺，很少人知道，那是旅館老闆特別介紹的，地方不大，據說每天前來求財者眾，香火不絕。財神寺供奉吉祥天母，相傳喜歡飲酒，所

以，廟內充滿酒味。善信可在大門口買一份拜財神所用的物品，包括艾草、松枝、白酒和哈達。先在門外煨燒艾草、松枝，然後走進寺內，將酒瓶打破，把白酒倒入酒缸。最後拜神，將哈達掛在財神像身上或附近。西藏寺廟是信任善信的，無論購物還是捐款，那些由人民幣一仙到一百元的紙幣都是放在那兒，如果善信沒有零錢，可以拿一毫找換放在四周的一仙。這些錢很少放入箱內，也不怕人偷走。扎基寺最神奇的是沒有文獻記錄，一切是口語相傳，正如想起藏傳佛教有財神會感到奇怪，但當地人認為財神特別靈驗，相傳逢週一求財、週三求平安、週五求健康。我跟大家前往，只有我沒拜財神，錢夠用就好，不必求。」

「阿偉都不會求財。」

「旅行時認識的新朋友？」

「在歐洲偶遇的新朋友，他寄給我一本書，後來約在印度見面，已是好朋友。」

「寫在愛情小說的話，可以跟《Before Sunrise 三部曲》一較高下。」

「電影還是小說？」

「電影，我先看二十年後的故事，才重溫先前兩齣。第一齣是青年男女偶遇，在維也納一夜閒聊。第二齣是男的將邂逅經歷寫成書，女的去他的簽名會見他，但他已經結婚。我先看最新的是他們在一起，像平凡夫妻那樣吵架。」

「可惜阿偉是男生。」

「我幫你寫成 HeHe 愛情故事，跟國鏗三角戀。」

「你不如寫我和你的故事，待我在你的簽名會找你，你到時別已婚呀！」

「你知道今年香港有多少間書店結業嗎？還叫我寫書，想我破產？由年初書店五人

失蹤開始，到大型書店落閘，這年不知有多少細書店執笠，餘下的也是在艱苦經營。經營書店要錢，但讀者愈來愈少的話，有錢都無意思。」

「阿偉像一般背包客那樣慳錢，有日離開『垂死病人之家』去午飯，阿偉食素包，我食貴一點的印度餃子，他說起有個奶奶喜歡食素包，我才知道他有許多祖父母和外祖父母。」

「許多即是幾多？」

「他也不肯定，他的親生父母離婚後各自再婚，他跟父親生活，他的爸爸在他幾歲時死去，他的繼母再嫁，他繼續跟他們生活，然後繼母離婚，再嫁人時，他還在讀小學，跟繼母和新繼父同住。他的母親同樣離合多次，連他也不知有多少叔叔。他沒有再稱任何人爸爸媽媽，他們的父母大多疼愛他，有個繼祖父是法國人，令他懂得日常法語。」

「好複雜，我都看不明白。」

「阿偉懂幾國語言，他的長輩任由他花錢，但他想自己掙錢自己花，讀完大學後就四處旅遊，有時在當地做點短期工作。」

「相信他喜歡說笑和大笑，但內心深處憂鬱不已。」

「你未見過他已經知道，我一直以為他像我天生樂觀。」

「天生樂觀是幸運，你總是忘記你有多幸運。」

「從小聽香港人說有錢解決到的就不是問題，阿偉常說用錢可以解決的並不多，我們真正想要的都是用錢買不到的。」

「他是對的，許多重要的東西跟錢無關，世上最骯髒的廁所都在內地，不在於窮，

在於教育不普及，數以億計的人不知道窮跟髒亂臭本來沒有關係，百姓沒想過窮得整潔，窮人都可以活得有尊嚴。我有個噩夢是掉進糞坑，嚇醒還有一身汗，即使可以執番個人上來，相信醫番都嗰藥費。青藏高原多貧鄉僻壤，居住的地方分散，小孩難有讀書機會。同行的內地團友說，經常看見拖住兩行鼻涕的小孩，彷佛預見他們的未來。總想給他們多點餅乾糖果，不時後悔帶得不夠多，或忘記帶糖果落車。我經常忘記帶備餅乾，偶然記得帶幾粒朱古力。不過，送包餅或送粒糖給鼻涕長流的小孩，只能讓他們開心一陣子，長遠來說，必須要地區政府推行普及教育，讓孩子讀書識字，才有機會改善生活。那是錢無法解決的問題，不少內地土豪大媽多的是錢，依然欠缺公民教育，教育不足的後果直接反映在公廁上，嗯，也不必提隨處便溺了。」

「不過，無錢的話，你無法去西藏旅行，阿偉反而有辦法沿途掙錢。況且，男人睡火車站也可以，女生就不能。」

「中東地區的女人甚至不能單獨外遊，最近有個女人沒有丈夫陪同外出購物被處

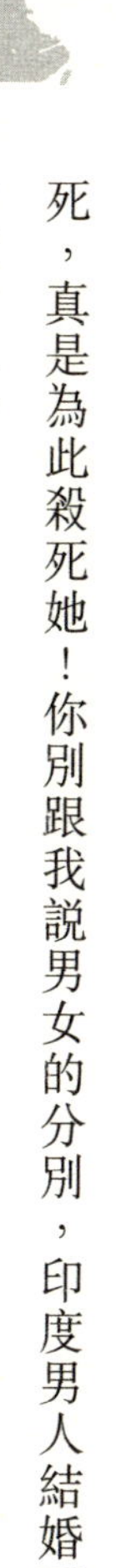

死，真是為此殺死她！你別跟我說男女的分別，印度男人結婚可收豐厚嫁妝，你要娶印度女人嗎？」

「說回錢，有錢更有尊嚴，這是宇宙定律，霍金都贊成呀！」

「金錢跟尊嚴沒有直接關係，當然，赤貧也沒有尊嚴可言。這次去西藏可以泡溫泉，我當然不會將內地溫泉跟日本溫泉比較，只是以為能夠在荒山野嶺開設溫泉中心的，應該是天然溫泉，收得百多元人民幣入場費，保養維修理應可以接受，沒料到整個溫泉區的環境惡劣到難以接受。花百多元人民幣買入場票後，再要付一百元人民幣按金才有放雜物的櫃匙、拖鞋和毛巾。我不知道男更衣室的情況，只知女更衣室骯髒到令人厭惡。當我看見封了洗手間維修時，心知不妙，然後發現沖身的花灑間便溺處處，那一刻真是生氣。既然已經入場，只好找個比較清潔的花灑間沖身，穿好泳衣走出去溫泉區。那是比標準泳池稍為細小的溫泉池，好像暖水泳池，我游了一陣子蛙泳。也許是露天池的關係，溫泉水不夠熱。走到凍水池那邊，發現一個人都沒有，池

水骯髒，青苔處處。返回更衣室前，看見指示牌寫有泡腳溫泉，走上去一看，但見沒有泉水，只有陣陣尿味。整個溫泉區只有暖水泳池似的所謂溫泉有二十多個人，我們逗留數十分鐘離去。那樣的溫泉設備近乎行騙，內地人總是欺騙內地人。日本任何一間收得一千日圓（比百多元人仔便宜一半）的溫泉店都比這間好一百倍，難怪內地人要去日本暴買暴玩。」

「我和阿偉不用花錢的跳進恆河，阿偉說浸過恆河水的人數之不盡，我們都是時間的過客。」

「我們兩個人的短訊，漸漸變成四個人的，包括張思琪和阿偉。」

「你怎知道我在恆河聽到阿偉這樣說的時候，腦海浮現出張思琪叫我回去的樣子？」

「有位上師說，我們並非一個人，我們的所思所想，早已受父母和祖先的思想影響，像阿偉那樣更複雜而已。」

「有個好的師傅教導就好，可以少走冤枉路。」

「西藏人認為遇到上師不要像看到肉的狗一樣撲向他，學生有責任觀察老師的，有些導師會帶學生走錯路的。」

「是否女生比男生早熟？在你的眼中，我一無是處，只是有點幸運。」

「許多女孩子喜歡你這種類型的男生，當女生跟男生同工同酬，阿媽年代那種找長期飯票的觀念早已消失，女人無論多少歲，都想有個讓自己開心的男人。」

「你暗示你早已暗戀我啊！別太露骨，我怕醜的。」

「你真是可以令人發笑，但太多人喜歡你，跟你在一起會不開心。」

「高材生又説複雜的事情，開心和不開心都是你説了算，我怎跟你辯論！」

「沒理由呀，印度人最擅長辯論，你在印度那麼久，應該學會一點。」

「我沒有印度朋友，也沒有印度女生跳出來奉上幾億嫁妝要嫁我。」

「普遍印度比中國人口才好，那是家庭、學校和社會教育形成的現象。在西藏留意到歷史故事無處不在，以辯經為例，這是源自印度的傳統，在七九二年傳入西藏，當年有不少漢僧和印僧，兩派決定以辯經論高下，結果是漢僧大敗，史稱『拉薩論爭』，自此開創藏傳佛教的辯經修行。漢僧落敗不等於漢傳佛教比不上印度佛教，而是漢傳佛教講禪，強調頓悟，高僧拈花微笑，徒弟已經要心領神會，根本不重視辯論和表達意見。印度人的數學頭腦是世界聞名的，他們擅長邏輯推論，習慣辯論和演説，自然贏得輕易。辯論不是玩語言偽術，辯經的答辯只可回答『是』、『不是』和『不定』，有點像律師盤問證人，只是辯者可以多選一項不定，要是辯者對經書不夠熟悉，或反應太慢，就會即時落敗，無法用廢話充撐下去。」

「你識藏文的話，辯經一定勝出。」

「太高估我，況且，沒有女性辯經的。」

「間間寺都有辯經？」

「我不肯定，只知色拉寺、甘丹寺和哲蚌寺合稱為拉薩三大寺，其中以色拉寺的辯經最為人津津樂道。在現場看色拉寺的辯經，只見古木參天，身穿絳紅袈裟的喇嘛像參與露天集會，紛紛辯論起來。即使聽得懂藏語也無法同時聽到那麼多人一起辯論，我覺得有點嘈吵。不少旅人形容喇嘛樹下辯經如舞蹈表演，看來也像舞蹈。喇嘛

先將佛珠掛在左臂，然後用右手拍擊左掌，就像通知對方一聲才發問，應對一方不時以擊掌回應，於是，除了辯論外，啪啪啪的擊掌聲音也響徹全場。據說大力拍擊發出聲音，可以喚醒人的智慧和慈悲心。想來我的智慧沉睡多時，有空都要啪啪啪的大聲喚醒智慧啊！一大羣喇嘛在樹蔭下手舞足蹈，深深淺淺的紅色袈裟如在空中飛揚，即使不知道他們的辯論內容，視覺效果也不錯。辯經在西藏有過千年歷史，色拉寺已有六百年辯經傳統。辯論時人人平等，不分年資長幼，大家根據經書和道理辯論，互相學習，深信真理愈辯愈明。辯經除了是藏傳佛教僧侶的日常修行外，還是考取顯宗最高學位的必經環節，單是背書考試並不足夠，還要辯才一流方可通過考試。順帶一提，色拉的藏語意思為野玫瑰，野玫瑰寺院，真是美麗的名字。」

「野玫瑰，確實是美麗的名字。」

「小王子愛他星球的玫瑰，以為她是獨一無二的，待他走到玫瑰園，才知玫瑰都是近似的。」

「美麗就是，你會罵我膚淺？」

「不膚淺，我們都被美麗的東西吸引。有時候，我會想像張思琪那樣，永遠是十九歲的模樣，不必老去，永遠像玫瑰盛放。相隔幾年，我現在照鏡都覺得老了。」

「人生並不是用來看的，我們有時間經歷一切，她走得太匆忙了。」

「思琪有篇網誌寫葬禮，她寫天葬也不錯，一切歸還食物鏈，乾乾淨淨，非常環保。看過天葬後，我已經想不出世上還有什麼值得競爭。」

「你別突然出家呀，你的父母還有彩虹四貓都愛你，還有，我。」

「記得我們一起去看《哈利波特》嗎？」

「記得看戲的情況，但忘記去戲院看哪一集，電視重播次數太多。」

「年初看見演員離世，我覺得難過，但我明明不認識他的。有少女被巴士撞死，傳媒用她的 Facebook 相片，我上她的 Facebook 一看，見她努力為家人掙錢，愛護家人和男友，最後上載中秋節照片，她寫『但願人長久』，而她沒多久就死去，她對我來說更是陌生，因為網上圖文，我同樣感到難過。」

「我和阿偉同樣好奇，在印度看見香港人在北歐意外死亡，看他的 Facebook，他最後一張上載的照片是機場拍的，寫是遺照，就一語成什麼的。」

「一語成讖，這樣說來，他寫的真是一語成讖，原本是說笑，沒有到變成預言，最終自我實現。」

「自從有 Facebook 之後，不認識的人彷彿變成朋友，朋友又像不大認識似的。」

「不同的，國鏗在你心目中的位置，一定比所有 Facebook 朋友高的。」

「我開始明白思琪媽媽的想法，如果思琪在外國不回來，她一直看思琪的Facebook，感覺上，她根本沒有死去。」

「德蘭修女封聖的場面怎樣？」

「雖然相隔幾個月，不過，我還記得清楚，由於德蘭修女一生節儉，當地修女繼承德蘭修女意願，沒有花錢為她慶祝，只是連續多日在黃昏五時增加一場彌撒。封聖日有多個屏幕直播梵蒂岡的封聖儀式，德蘭修女之家裏裏外外擠滿人。」

「我都看過片段。」

「我坐在德蘭修女墓前，好像跟她一起看直播。下午五時有大型彌撒，我在四時許到達覺得太擠，將位置留給教徒便離開。修女以為我迷路，跟她說離開，她以難以置信的神情問：Really？」

「對教徒來說是難得的。」

「我不是教徒，讓位給比我期待參與的人好了。」

「你比以前懂得為人設想。」

「現在知道我的優點也不遲。」

「這一年過得很快，在西藏古格王朝遺址想起時間真的過得很快，隨便一塊石頭都有過千年歷史，要是石頭懂得說話，它們會取笑人類愚昧，在短暫的人生中互相殺戮，令幾十年過得更匆忙。」

「回港後，你可有探望過思琪媽媽？」

「有，她把我看作思琪似的，將思琪留下的玉墜送給我。我不肯收下，她就哭起來，她說個個都嫌棄她，丈夫和女兒都離棄她，連我都拒絕她。為免她哭個不停，我只好收下，代為保管。」

「有一個人默默愛我，我竟然不知道，難怪你經常說我幸運，張思琪怎會喜歡我這樣平庸的人？除了幸運，沒有其他解釋。」

「也許愛你是她一生最錯的選擇，人始終要有缺點和犯錯的。」

「別寫得太誠實，我的弱小心靈受不了。」

「思琪喜歡聽歌，因為她，我才留意她關注的流行音樂作家，David Bowie 離開前出新碟《Blackstar》，好像跟地球人說再見，他要返回外星了。Bob Dylan 拿諾貝爾文學獎，樂迷紛紛說拿獎的應是 Leonard Cohen，不過，他沒有機會拿獎了，跟 David Bowie 一樣，出了新碟《You Want It Darker》後就返回他的黑暗後台。」

「即是怎樣？」

「你沒有留意他去世的消息嗎？他們以最後歌曲鞠躬謝幕，離開人生舞台了。」

「我從來沒有聽過他們的歌。」

「我們的年代好像沒有天才創作歌手了。」

「我們在網上聊天幾個月，你讓我看見更精彩的世界，我上網聽他們的歌，真是獨特。」

「Leonard Cohen 的 Hallelujah 很動聽，以大衞王的身分跟上帝說話談論信心，如果 Bob Dylan 的歌詞有文學價值，他的歌更具詩意。」

「沒有你介紹，我不會上網聽過 Jeff Buckley 唱歌。當我想再聽他的其他歌曲，搜

尋一下，才知他三十一歲已經走了，很可惜。」

「他們起碼留下不朽名曲，活這一生也不白費。我最不解的是學生自殺，教育局裝模作樣的成立防止學生自殺委員會。十一月提交終極報告，結論是學生自殺的可能成因涉及多方面因素，與教育系統並無明顯和直接關係。不過，他們提交報告後，至少有六名學生自殺身亡，這是什麼教育制度呢？」

「你不會明白盡力讀書依然考試不及格的挫敗感，大家只會考試，考完就忘記，出來工作又永遠用不上，不知為什麼讀得那樣辛苦，還要花錢補習。」

「讀完中學後，除非大學讀數或從事相關行業，大部分人一生都不必再計算 sin、cos、log 和其他數學公式，不過，中學數學讓我們學識解決難題，每次完成數學功課，我都覺得開心的。」

「你和數王那類學生就開心，難為我們死背硬記公式和算式，去補習的學生之中，不少是完全不明白自己答對的數學題，只是死記算式，然後換個數字。嗯，你可知數王曾追求張思琪？」

「我以為只有我知道，你怎知？」

「找尋張思琪期間知道的，我不明白她為何不接受數王，假如是我，好歹都試試戀愛一次。」

「張思琪比你善良，也許太善良，她不願傷害任何人，跟追求她的人說不要愛她，她沒有明天的。試想數王全心全意愛她，甚至為她花錢去英國找她，如果她愛數王，數王是無法煞停他的愛意的，然後目睹深愛的她重病和死去，數王未必受得住。」

「女生的想法真是不同，我怎樣都想不到這些。」

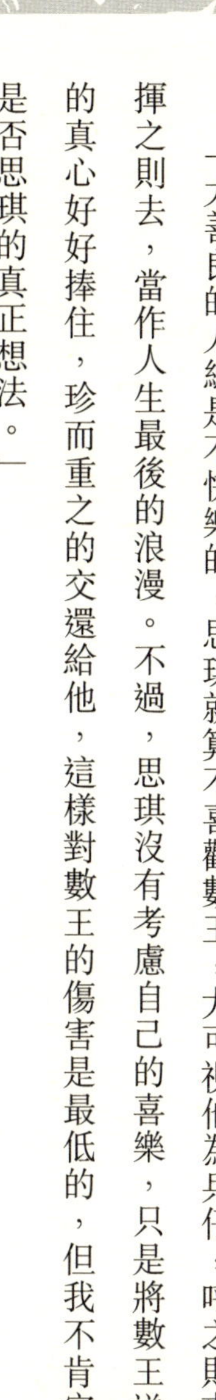

「太善良的人總是不快樂的，思琪就算不喜歡數王，大可視他為兵仔，呼之則來，揮之則去，當作人生最後的浪漫。不過，思琪沒有考慮自己的喜樂，只是將數王送上的真心好好捧住，珍而重之的交還給他，這樣對數王的傷害是最低的，但我不肯定這是否思琪的真正想法。」

「數王至今沒有女朋友，我也不知道他的想法。」

「他知道思琪已經離世嗎？」

「我覺得他像思琪的媽媽，假裝思琪還在英國。」

「這種想法始終不正常，你告訴他真相。」

「他早應知道，沒有人能夠喚醒裝睡的人，就讓他活在平行宇宙一陣子，時間過

去，當他遇上他所愛的，自然會讓思琪淡出。」

「看過思琪的網誌後，總想對全世界說不要自殺，生命如此精彩，不要浪費。」

「你想過自殺嗎？」

「想過，初中時想過。那時感到父母不了解我，也不愛我。學校課程沉悶，同學幼稚，不知道為何要活下去，偶然遇上不順心的事，例如媽媽無理罵我，我就想死了算。看過思琪的網誌後，很是羞愧，那是愚蠢和自私的想法。你呢？你想過嗎？」

「沒有。每日都過得好開心，傻人有傻福。」

「有些人愛說少年不識愁滋味，他們曾經年輕，卻已忘記年輕的苦惱，身體高速發育轉變，心靈未及適應，當日渴望被認同，渴望成績理想，即使不用讀書就有理想成績，挫敗感依然無處不在。我知道你又認為我說風涼話，身在福中不知福。」

「不知道如何回應，我確實不知道你的感受。」

「工作後，才知學校的煩惱始終有限。莫名其妙的是，總有人要無故傷害你，不斷嘲諷和踐踏別人，損人利己甚至損人不利己，這種人不知為何要活一輩子！」

「阿媽話，沒有衰人就無法令我們知道誰是好人。阿媽常說小人製造小災小禍，正好小災擋大劫。我在澳洲差點淹死是大劫，阿媽話好在我得罪人多，小人的小傷小害正好幫我擋了大劫，信不信由你。」

「你別怪力亂神兼阿Q精神，不過，陳師奶的人生大道理也是對的。沒有遇過那麼多品格低賤的人，我不知道你們是那麼好。」

「我們現在是友達以上、戀人未滿嗎？」

「你解釋一次來聽聽。」

「你那麼聰明，一早已經知道意思的。不過，我樂意說一遍，八字日文的意思是我們比好朋友多一點點，又未到戀人的階段。唔，我可以等的。今個聖誕，我們一起去看燈飾吧。」

「好呀，約埋國鏗、美琪、婷婷、阿雪，或在A班羣組問問有多少人出來。」

「你又要我，你從來不喜歡羣體活動的。」

「近年變了，以前坐在四十人的班房都像只得我自己的孤獨，現在懂得享受一班朋友聚會的樂趣。」

「我都變了，我不想再約一大班朋友出來吃喝玩樂。或者，我在平安夜去探望思琪媽媽，如果她有時間，會跟她一起吃飯，你來嗎？」

「不知道，或者留在家裏陪父母吃飯，要是阿雪他們約我出去，我會跟他們一起。」

「國鏗常說我重色輕友，看見美少女就不理會他，我看你是重友輕色，寧願跟彩虹貓一起都不理會我。」

「拜託，你算哪門子的色？你別再用你的美色誘惑人，會令人作嘔的。」

「你不懂得欣賞而已，不代表我的美色不夠誘人。」

「（作嘔符號）」

「你的平安夜怎樣度過？思琪媽媽不斷問你為什麼不上去一起吃飯，有火雞食呀！」

「我在家裏平平安安的度過，小敏在紐約度過寒冷的平安夜，阿雪靜悄悄出 Pool，她跟程卓民開始了，他們的聖誕很浪漫。」

「你都可以有浪漫平安夜，但你拒絕了。」

「跟思琪媽媽一起的浪漫。」

「聖誕快樂。」

「聖誕快樂。」

「不，我今年的聖誕並不快樂。阿偉還在印度，他說總理突然廢掉五百和一千印度

盧比大鈔，說是打擊貪污和黑錢市場，結果是苦了平民，尤其是最窮的。」

「嗯，我都知道，網上新聞有寫最近印度政府禁用大鈔，五百和一千印度鈔票相等於港幣五十和一百，已經是最大面額的，突然禁用，市面一片混亂。報道指為了反貪污和避免洗黑錢，只有醫院、警署和銀行收舊的大額鈔票，國民要去銀行換新鈔。」

「銀行根本沒有那麼多新鈔，政府要窮人開戶口，窮人未必有錢吃下一餐飯，就在這混亂政策下活活餓死。」

「金融市場全球流通，有錢人要洗黑錢的方法實在太多，廢除大鈔對他們影響不大。」

「阿偉說銀行收回舊鈔後，沒有那麼多新鈔票，全國鈔票短缺，印度人只好光顧可以簽卡的大公司和超市，街邊小販近乎全無生意。」

「他們有應變方法嗎？」

「起初會交換物資，但有些小販實在太窮，有窮人全家自殺或餓死，這是國際新聞不會報道的。」

「你別誇張。」

「真的。市民沒有現鈔，沒錢光顧街邊小販，去大公司和超市購物可以簽卡，小販沒有生意，有些交換物品和食物，有些小販換無可換，一家自殺或餓死。政府不理會窮人死活，慈善團體救得一個得一個，好無奈。」

「早知道我拜財神，掙許多許多錢，可以幫助更多窮人。」

「你別在我面前裝蠢，求財有財的話，這個世界就沒有窮人。去過那麼多國家，

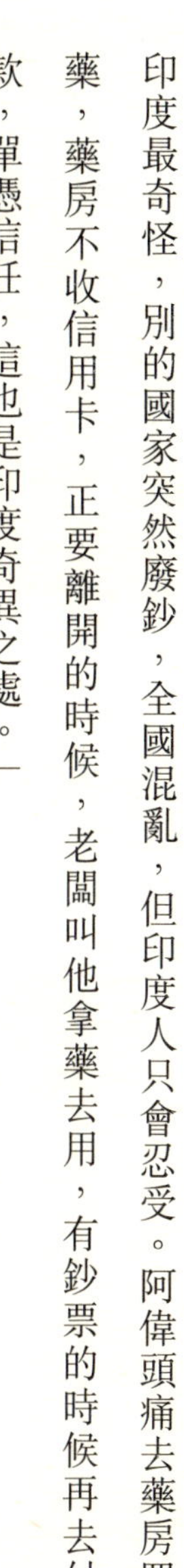

印度最奇怪，別的國家突然廢鈔，全國混亂，但印度人只會忍受。阿偉頭痛去藥房買藥，藥房不收信用卡，正要離開的時候，老闆叫他拿藥去用，有鈔票的時候再去付款，單憑信任，這也是印度奇異之處。」

「幸好印度人互相幫忙，志願團體和義工都幫不了那麼多。」

「離地政府要大部分人去銀行開戶口，但窮人連食飽的錢都沒有，不可能有錢去開戶口，印度人只會逆來順受。」

「貧富差距太遠，聽到這樣的事也不開心。」

「我們出來傾談吧，聖誕適宜行山，記得中五那年行山多開心嗎？」

「我約了婷婷吃飯。」

「你又再重友輕色。」

「算罷啦，你再說你的美色，我就放下手機。」

「喂，我不但有外在美，還有內在美，上次在印度街頭撿到一袋錢，我和阿偉拿去警署，真是拾金不貪好男兒。」

「拾金不昧。」

「差不多啦。」

「也算差不多，我們很少用拾金不昧，頂多說路不拾遺。有個香港人在台灣丟掉銀包，被兩個香港人撿起，拾遺不報之餘，更將銀包內的港幣兌換台幣花掉，他們不知道現今世界處處有閉路電視，這樣愚昧貪心的香港人真難看。」

「難看得過三個香港女人在台灣偷鮑魚入廁所食？他們還要在平安夜下手偷貴海產，說出來令人發笑。」

「他們的父母會被親友取笑只會教個女去偷鮑魚，還要躲入廁所食被清潔女工發現，好好笑。」

「起初誤報他們是新移民，後來才知是土生土長的香港人，唉！」

「貪心的人無處不在，正如誠實的內地人也不少。先前在西藏公路飯店吃飯，看見門口掛上大紅錦旗，寫上店名，大字是『拾金不昧，傳遞正能量』。我上網查看才知拾金不昧的意思是拾起金錢（或引伸為貴重物品）沒有收藏自用，執到金都等物主取回。昧解隱藏，蒙蔽和蒙昧是近義詞，壞人做壞事的時候總要蒙蔽良知或昧着良心。」

「我的良心經常曬太陽呀。」

「你內外俱備，人見人愛。」

「我起碼對自己和別人誠實。」

「在西藏旅館和食肆常有告示提醒人留意隨身財物，以免被人偷去或遺下，好像很多人會丟失東西似的。有間寫：『請您保管好自己的隨身物品（手機，蟲草等），如丟失本餐館恕不負責！』看見告示，我隱隱怪責自己從來沒有隨身蟲草，好像人人都有手機和蟲草，而我只得手機。手機和蟲草還不算是貴重物品，只是隨身物品而已。」

「你又轉話題。」

「考試作文才要圍繞題目而寫。」

「呀，你看到嗎？George Michael 在聖誕日死去，這幾天還聽到他的 Last

Christmas，幾乎由出世開始年年聖誕都聽到，怎麼可能？」

「聽你說完才查看新聞，他的去年聖誕變成他的最後聖誕，好震驚。」

「愛要及時。」

「我出去和婷婷食飯，你出來嗎？」

「我約了思琪媽媽，跟她談多了，才知她還為當日的決定後悔。她要思琪做齊所有西醫治療，思琪爸爸見思琪太痛苦，又明知那些治療無效，跟她吵了許多遍要她放手，但思琪媽媽執著於醫好思琪，令思琪吃盡苦頭。最終女兒死去，丈夫離她而去，她才追讀醫學文獻，知道當日的固執是浪費金錢和折磨女兒的。我好像樹洞一樣聽她說話，然後，提醒自己不要執著。」

「我都聽過幾次，繼續後悔並無意義。我以思琪看過的書《心靈愛語》安慰她，跟她說盧雲神父寫的如何面對痛苦，將痛苦放在祝福裏。」

「寫就容易，實踐是困難的。」

「不說了，我們各自出門吧！」

「你看到嗎？過了聖誕節還有壞消息，《星球大戰》的 Princess Leia 返回她的星球，我爸是她年輕時的影迷，我以為他們無論年紀多大都會拍下去，她竟然死了。」

「我看到了，還看到她的母親在討論她的葬禮時昏迷，隨她而去。」

「看報道才知他們的母女恩怨，男人很難明白。」

「跟性別無關，我們都不能明白別人的痛。」

「跟思琪媽媽聊天以來，我學識別太執著，每件事都有放手的時間。如果我約你三次你都不出來，我就放手好了。」

「你約了多少次？」

「有個笑話是一雙恩愛夫妻接受訪問，記者問他們從不吵架的秘訣，男人說他們結婚不久，在街上遇見一條狗不斷吠他的妻子，她跟狗說一，狗繼續吠；她說二，狗再吠；她說三，然後拿刀劈死那條狗。男人大驚，責罵她的妻子，她冷靜地對他說一，從此以後，他們沒再爭吵。」

「好爛的笑話。」

「最近才聽到 George Michael 的 White Light，據說是他有次病到快死，痊癒後寫的，我好有共鳴，更加珍惜再活一遍的機會。

So I just kept breathing my friends.
Waiting for some God to choose.
Saying this ain't the day that it ends,
Cause there's no white light and I'm not through,
I'm alive I'm alive...」

「因為你看見張思琪，我們才熟絡起來。」

「我們一起除夕倒數好嗎？」

「The butterfly counts not months but moments,
and has time enough.
Time is a wealth of change,
but the clock in its parody makes it mere change and no wealth.

Let your life lightly dance on the edges of Time
like dew on the tip of a leaf.

—— Rabindranath Tagore」